満月の夜に抱かれて

CROSS NOVELS

日向唯稀
NOVEL:Yuki Hyuga

明神　翼
ILLUST:Tsubasa Myohjin

CROSS NOVELS

CONTENTS

CROSS NOVELS

CONTENTS

満月の夜に抱かれて

Presented by Yuki Hyuga with Tsubasa Myohjin

CROSS NOVELS

日向唯稀

Illustration 明神 翼

プロローグ

国内屈指の歓楽街・新宿歌舞伎町《しんじゅくかぶきちょう》。

「お前。自分が何をしたのかわかってんのか！　あん⁉」

夜も深まりを見せる時刻。白のワイシャツに漆黒《しっこく》のベストとズボンに身を包んだ鹿山晃《かやまひかる》は、店に勤める先輩ホスト四人から、鬼の形相で怒鳴《どな》られた。

店の裏口から外へ出されてビルを背に囲まれてしまい、グッと奥歯を噛《か》みしめる。

「わかってねぇのかよ。これだからど素人《しろうと》は困るんだ」

「いいか！　お前がしたことはルール違反。御法度《ごはっと》なんだよ。よりにもよって、凌駕《りょうが》さんから客を奪うなんて。凌駕さんの口利きで入れてもらった分際で、この恩知らず！」

「生意気なんだよ。ふざけんな、ばーか」

間髪《かんはつ》を容《い》れずに浴びせられる罵声に、華奢《きゃしゃ》な肩がビクビクと震えた。

ただ、罵声の中には怒られている理由らしきことも含まれているが、鹿山にはまったく覚えがない内容だ。言いがかりをつけられているとしか思えなかった。

（――凌駕のお客さんを取った？　そんな馬鹿な。どういうこと？）

「黙ってないで、何とか言えよ！」

肩を強く掴《つか》まれると同時に、店から一際《ひときわ》目立つルックスの男が姿を見せた。

鹿山が縋《すが》るような視線を向ける。

「凌駕！」

「――とりあえず、言い訳ぐらいは聞くぞ」

「……凌駕」

答えようもない問いかけに、自然と視線が逸れた。

鹿山が勤めて一ヶ月も経たない店内からは、軽快なジャズが漏《も》れている。

（駄目だ……。何を言っても言い訳になるどころか、その言い訳さえ思いつかない。俺に凌駕のお客さんを取るなんてできるはずがないのに。言われたことしかしてないのに、それのどこが誤解されて〝取った取らない〟になっているのかわからないよ）

ここは、新宿歌舞伎町で名を知られるようになってきたホストクラブ、ニューパラダイス。

豪華《ごうか》な内装と幅広い価格設定でOL層にまで評判となり、ホストクラブにしては多い座席百二十を常に効率よく回転させている、この界隈《かいわい》でも人気の店の一つだ。

ただ、ホストクラブどころか、夜の新宿さえまともに歩いたことがなかった生真面目《きまじめ》かつ小心者な鹿山にとっては、いまだ理解できていないことが無数にある世界だ。

同じ接客業でも、学生時代に経験したスーパーのアルバイトとはまったく違う。

だが、それぐらいのことなら、鹿山自身にもわかっていた。だから、最初は躊躇《ためら》ったし断った。

（やっぱり俺には無理だったんだ。というか、無謀《むぼう》だったたってことだよな――）

そもそもバーテンダー兼アシスタントホストとして勤めるようになったのは、新卒入社したばかりの会社が倒産したため。それを知った幼馴染《おさななじ》みにして、ニューパラダイスのナンバーワンホストに君臨していた凌駕に声をかけられたのがきっかけだ。

〝無理して客を呼べとか、取れとか言わねぇよ。お前は俺の専属アシスタント。ウエイターやバーテンの真似ごとしながら、俺が言ったことだけしてればいいから。簡単だろう〟

凌駕は昔から面倒見のいい、クラスでもリーダー的な男だった。それだけに、困っている鹿山を見過ごせない。それで手を差し伸べてくれたことは、わかっていた。

しかし、テレビのドキュメンタリーで見た印象や、ときどき聞いていた凌駕本人の愚痴《ぐち》から想像しても、簡単な仕事とは思えなかった。勝手なイメージといえばそれまでだが、クラブで働けるのは凌駕のようにルックスがよくて気が利いて、饒舌《じょうぜつ》で世辞も言えて尚且つ出世欲も旺盛で、女性慣れしているモテモテイケメンばかりだと思っていたからだ。

それだけに、遠慮なく「引き立て役も必要だから」と言われれば、鹿山も「そういう需要もあるんだ」と思えたが、凌駕の誘いはそうではなかった。

今にして思えば、アシスタントイコール引き立て役だったのかもしれないが――。

しかし、鹿山にはこの一ヶ月、彼からそういった扱いをされた記憶はない。

普通にバーテンダーやウエイターと呼ばれる仕事を与えられてきたと思う。

――とすれば、やはり最初に感じた危惧《きぐ》が正しかったのだろう。

自分には向いてないという予感が、鹿山には〝この結果になった〟と考えられたのだから。

〝本当？　それでいいの？〟

今一度、鹿山は凌駕のほうに視線を向けた。

あれほど何度も確認したのだから、断ればよかったと後悔した。

この一ヶ月。鹿山としては、できる限りのことをしてきたつもりだが、それが誤解を生むような事態を招いたのだとしたら本末転倒だ。凌駕にも自分にもいいことがない。

〝ああ。俺もお前がいると心強いしな。とりあえず、繋《つな》ぎ程度でもいいからさ〟

〝——そう。なら、甘えようかな。まだ、次の会社もバイトも全然目処《めど》が立ってないから〟

迷いに迷った鹿山の気持ちが動いたのは、凌駕からの「心強い」という言葉があったからだ。

自分がアシスタントになることで、多少でも凌駕にも得があるなら。気心が知れている分、傍にいて少しでも支えになるのなら、思い切って飛び込んでみてもいいかもしれない。

そう考えたからなのに——。

「もういい。二度と同じことはするなよ」

黙り込んで見つめることしかできない鹿山に、凌駕は呆《あき》れたように呟《つぶや》いた。

「ったく。言われたことだけやってりゃいいのに——。調子に乗るから、こういうことになるんだ。覚えておけ」

プイと顔を背け、鹿山を囲んでいたホストたちに「行くぞ」と声をかけて踵《きびす》を返す。

「——ごめん。ごめんなさい」

店内へ入っていく凌駕に対し、鹿山は謝る以外の言葉が見つからなかった。

本当なら自分のどんな言動が悪かったのか確認するべきなのだろうが、そもそもこんな根本的なことさえ聞かなければわからない自分に、この仕事を続けられるとは思えない。

凌駕の足を引っぱるだけだとしか、考えられなかった。


鹿山がニューパラダイスのマネージャー兼店長を務める宗方《むなかた》に退職届を出したのは、翌日のオープン前のことだった。

退職の意思は、すでに昨夜のうちに伝えていた。営業中だったこともあり、宗方からは「とりあえず明日開店前に話し合おう」と言われて、持ち越しになった。

鹿山の意思は固く、すでに凌駕にも謝罪と退職の件はメールで伝えている。

あっそう——という一言しか返ってこなかったので、怒らせてはしまったが、了解は得ていた。

「お前も律儀《りちぎ》だな～。わざわざこんなものまで書いてきて。ってか、こんなの見るの何十年ぶりだ⁉　もしかしたら、自分が出したとき以来、見てないんじゃね？」

店長のデスクに着いた宗方へ差し出された退職届。きっちりとした楷書《かいしょ》で書かれた封筒の文字を見て、彼はまず感心してみせた。

宗方は四十代前半らしい——とは耳にしているが、鹿山には現役のホストにしか見えないぐらい華美な男性だ。スレンダーな肢体に端整《たんせい》なマスク、その上さまざまな方面の知識も豊富で、たまにカウンターから出て接客もするが、年齢と経験だけが醸《かも》し出せる落ち着きや話術は、幅広い年代の女性に人気だ。中には、宗方目当てでカウンターの席取りをする客もいる。

しかし、口調はこのとおりでかなりべらんめえ。誰が相手でもこれぐらいの勢いで話せなければ、新宿のクラブで店の管理などできないらしい。

だが、それにしても〝もったいない〟と、鹿山は常々思っていた。

〝うわぁ……。滅茶苦茶、黒服が似合う人だな。執事喫茶の執事さんみたいだ〟

これが宗方に対する、鹿山の心の声。嘘のない第一印象だったからだ。

ビクビクしながらのクラブ勤めだったが、宗方の人柄のおかげもあり、彼とはすぐに会話ができるようになっていた。

仕事内容も丁寧に教えてくれて、注意するべきことは前もって言ってくれた。

そして、何か気づいたときには、すぐに「晃」と声をかけて、「今のはスマートじゃないから、こう変えて」と指導してくれた。

決して「何をしてんだ」「誰がそんなことをしろと言った」とは怒鳴らなかった。

それもあり、鹿山はいまだに自分が何をして凌駕やその取り巻きたちを怒らせるようなことになったのかがわからない。

「けどな、鹿山。俺から言わせりゃ、お前のしたことは正当な方法かつ仕事だぞ。そもそも他人のお客を奪ってでものし上がるのが、この世界で勝者になる必要条件だ。考えが甘いのは凌駕たちだし……。俺としては、このままお前にいてほしいんだけどな――」

だが、鹿山がそうとは知らずにやってしまったことが、凌駕の客を奪う行為だったことは、間違いがない。それは、宗方も認めている。

彼が「それはスマートな行為じゃないよ」と言って止めなかったのは、すでに鹿山を一人のホストとして見るようになっていたからで——。

しかし、そうとわかれば、鹿山はますます辞める決意を固めるだけだ。声にこそ出さなかったが、両目を見開き、首を左右にブンブン振って、「無理！　無理！　無理！」と訴える。

「まあ。向き不向きはあるか。そもそも客に貢がせて成り上がっても、喜べる性格じゃないしな。本気で上り詰めるつもりがないなら、一時しのぎで勤めるにしても、もっと将来に繋がる職場のほうがいいだろうし……」

渾身《こんしん》の身振りで見せた心情が通じたようだ。

宗方は、溜息《ためいき》を漏らしつつ、退職届を自分のデスクの引き出しにしまってくれた。

「お手数ばかりおかけしてすみません」

「気にするな。こういうのも俺の仕事だよ。それよりお前。次の勤め先は決めてるのか？　ないなら紹介するぞ。同じ接客業なら、こっちのほうがお前向きってところを知ってるんだ」

次の仕事まで紹介しようとしてくれる。

だが、鹿山はこれも全力で辞退する。

「ありがとうございます。でも、夜はもう……。お気持ちだけいただいておきます」

「誰が夜の店だって言ったよ」

「え？」

しかし、退職届と入れ違いに宗方から差し出されたのは、一枚のシンプルな名刺だった。

「かやまひかる?」

パッと目に入ったところで、鹿山が驚く。

すると、それを見た宗方も、「ああ!」と一緒になって驚いた。

「そういえば一文字違いか。パッと見たら間違えるな。でも、こっちの苗字は鹿の山じゃなくて香りの山。名前も〝ひかる〟じゃなくて〝あきら〟だ」

凌駕を介して紹介された経緯で、鹿山の店での呼び名は「ひかる」だった。

最初に自己紹介はしたものの、源氏名や呼び名だけが使われる毎日で、宗方もすっかり忘れていたのだろう。

「あ、本当だ。ローマ字で書いてありました。代表取締役社長、香山晃《かやまあきら》さん」

一度は全力でお断りした鹿山だったが、この微妙な偶然——とも言い難い、本当に微妙な共通点には、心を惹《ひ》かれるものがあった。

また、宗方が「正真正銘《しょうしんしょうめい》、ちゃんとした事務所だぞ」と説明してくれたことにも背を押され、名刺に手を伸ばすことにした。

「香山配膳……か」

1

鹿山が宗方に紹介されるまま、香山配膳事務所に面接へ行ったのは、クラブを辞めた翌日で、金曜の夜のことだった。

この日は週末とはいえ平日の仏滅だったため、婚礼関係の仕事は少ない。

事務所にしているマンションには、社長の香山を筆頭に専務の中津川《なかつがわ》や他の事務員、登録員の中でもＴＦ《テンフィンガーズ》メンバーと呼ばれるトップサービスマンたちが顔を揃《そろ》えていた。

「どうぞ、奥へ」

「ありがとうございます」

入り口から案内されるまま事務デスクやソファが並ぶリビングダイニングへ入ると、鹿山は驚きから目を見開いた。

そこにはざっと見て十名ぐらいの男性がいたが、ニューパラダイスのホストたちに勝《まさ》るとも劣らないルックスの紳士、青年がずらりと揃っている。

その中の三人が、一目で身内とわかるほど似ていた。

（うわ……。なんて品のある美男性に美青年。親子なのかな？　でも、一番年上の男性が父親の年頃とは思えない。そしたら、兄弟？　年上の長男さんに、年の離れた次男、三男さん？）

鹿山はその場で立ち止まり、無意識のうちに目を凝らした。

すると、似たような目つきで鹿山を見返してきた青年がいる。鹿山が年の離れた三男だと思い込んだ青年、実際は社長の甥《おい》にあたる香山《かやま》響《きょう》也《や》だ。

「うわっ。なんか、可愛《かわい》いね。色白で目はクリクリで髪も柔らかそう。童顔ってほどでもないけど、ヒヨコとチワワがセットで迫ってきたら、こんな愛くるしさを感じるのかな?」

「失礼だぞ、響也。彼のほうが俺たちより年上だ」

「わかってるよ。そう聞いてたからビックリしてるんじゃん」

響也を叱ったのは、兄の香山《かやま》響《きょう》一《いち》。

そして、この響一がそのまま年を重ねたら、こんな男性になるんじゃないかと想像させるほど似ているのが、香山配膳事務所二代目社長の香山晃だ。

「初めまして、鹿山さん。社長の香山晃です。こちらの都合でこんな時間にご足労いただきまして、ありがとうございます。さ、こちらへどうぞ」

「――え⁉　あ、はい。初めまして。鹿山晃です。急なお話にもかかわらず、お時間をいただきまして、すみません。よろしくお願い致します」

鹿山は洗練されたエスコートで、社長デスクの傍に置かれた三人がけのソファへ案内された。

何が違うのかよくわからないが、立ち居振る舞いから感じる品がオーラになって放たれているような気がする。

しかも、鹿山は宗方から「俺と同い年ぐらいの社長だけど」と聞いていたので、今度こそ年相応の男性――おじさんを想像してきた。それがまさか、あの宗方より若く見える上に、上品な美形だとは思っていなかったので、余計に動揺してしまう。

（配膳の派遣って、執事喫茶の執事さんの派遣じゃないよね？　レストランやパーティーの宴会給仕さんって聞いたけど、まさか面接って容姿確認がメインなのかな？　っていうか、どうしてここがモデル事務所じゃないの？　どう見ても芸能プロダクションの類《たぐ》いだと思うんだけど）

社長の香山は、せいぜい三十代後半にしか見えない。

すぐに簡単な自己紹介がされたが、二十歳を過ぎたばかりだという響一は自分よりしっかりして見えるし、大学に入ったばかりだという響也はやんちゃな性格のようだが、それでも立って座るだけの仕草がとてもスマートだった。

また、香山と同級生だという専務の中津川は、この中では一番社長のイメージや落ち着き、貫禄を感じさせる二枚目だが、それでも四十過ぎには見えない。古株の登録員だという高見沢《たかみざわ》が三十前後ということらしいが、鹿山には彼が一番年相応かつ一般人寄りに見えた。

だが、他に比べて芸能人ぽさが薄いというだけで、十分なルックスを持つ男前な好青年だ。

そんなメンバーにぐるりと囲まれ、鹿山はビクビクしながら履歴書を出した。

「ありがとう」

まずは香山が目を通し、次に中津川。響一たちにも回されていく。

「一応確認するけど、この履歴書に間違いはない？　正真正銘、配膳した経験はこのホストクラブでの持ち運びだけ？　お酒を運んだり、料理を出したり、それだけ？」

最初に質問してきたのは、香山。

「はい」

「実は、学生時代にファミリーレストランでフロア係をやっていました——とかは？」

「まったくありません。学生時代のバイトは、スーパーの品出しとレジだけです」

鹿山が姿勢を正して答える。

すると、「そう……」と言ったまま、言葉に詰まったようにも見える香山に代わり、響一が質問をしてきた。

「でも、クラブのフロア係ならトレンチは持てるんだよね？　グラスならいくつぐらいまで載《の》せて運べるの？」

「クラブでは個人のお客様がほとんどなので……。接待者分まで含めても、せいぜい二つか三つをアイスとセットでしか運んだことがありません。片づけるときも、見た目が悪いので、一度にたくさんは運ばないようにと教えられたので……」

「——そうか。なら、自前のソムリエナイフは持ってる？　シャンパンやワインのコルクは抜けるんだよね？　クラブならシャンパンコールとかお約束だし、タワーもやるよね？」

「いいえ。それは得意な先輩がいたので、俺はボトルをテーブルに運んだだけで。あ！　グラスでタワーを作るのはうまいって誉められました。幼稚園のときから積み木は得意だったので」

「——」

鹿山は満面の笑みでハキハキと答えるも、今度は響一が口を噤《つぐ》んだ。

今度は「俺が！」とばかりに、響也が聞いてくる。

「さすがにテーブルクロスの天地は知ってるよね？」

「もちろんです。裏表ならわかります」

「えっと……。そしたら、洋・中・和のフルコースの内容とかは？」

「高校のときにマナー講習会でフレンチコースを食べたので、それなら」

とうとう香山の三人が揃って黙った。

息を呑んで聞いていた中津川が、重い溜息をつく。

「宗方も、ずいぶん思い切った推薦《すいせん》をしてきたね」

——そうとしか言葉が出なかったようだ。

しかし、鹿山本人には何が思い切ったことなのかさえ、さっぱりわからない。

ひしひしと感じられるのは、自分が〝歓迎されない訪問者〟だったこと。この会社にとっては、間違いなく〝不要な人材〟だという残念な確信だけだ。

それを証明するように、高見沢が着いていたデスクをバン！　と叩いた。

「何を暢気《のんき》なことを言ってるんですか。他の事務所ならまだしも、ここ！　香山配膳ですよ。一流どころのホテルマンが転職したくても、そう簡単にはできないってくらい、超がつく一流のサービスマンしかいない配膳事務所。国賓《こくひん》・ＶＩＰ御用達《ごようたし》！　さすがにこれは論外でしょう。そもそも高校生の講習会じゃ、ワインどころかソルベあたりもすっ飛ばしじゃないですか」

「でも、彼の人柄とサービス精神は香山向きだって」

「うん。宗方さんが言うんだから、そこは間違いないいんじゃない。何が大事って、やっぱりここは外せないところだしさ」

ビクッと肩を上下させせた鹿山を庇《かば》うように、中津川と響也が「まあまあ」と宥《なだ》める。

「それに、母国語以外も話せるんだよね？　英語とドイツ語」

「ただし、小学校から日本在住ってところで、そうとう心許《こころもと》ない。帰国子女っちゃ帰国子女らしいが、これってＯＫの範囲じゃないだろう！」

続けて響一がフォローに回るが、高見沢には更にデスクを叩かれてしまう。

（――大変なところへ来てしまった）

ビクビクしつつも、鹿山はどうやってここから立ち去ろうかと考え始めた。

いまだすべてが理解できているわけではないが、この事務所が一般的な派遣事務所とはかなり違うことだけは飛び交う会話から理解できる。

一流、国賓・ＶＩＰ御用達。しかも、母国語以外の語学力も必要らしい。

（やっぱりここって、超一流の執事派遣会社だったんだ！　配膳って、会社名についているだけで、中身は海外の貴族とかに派遣される執事専用の会社だったんだ！）

鹿山はとうとう席を立った。

「す、すみません。俺、場違いなところに来てしまったみたいなので帰ります」

それしか言葉が出てこない。周りに頭を下げ、すぐにでも逃げ出したい気分だ。

「待って。そう慌《あわ》てなくていいから。高さんもそう、がならないで」

だが、そこは中津川に止められた。

完全に逃亡状態に入っている鹿山を見ながら、香山がかなり悩んでいるのがわかるからだ。

立ち上がった鹿山の姿を、上から下まで眺《なが》めている。視線は真剣そのものだ。

「姿勢はいい。歩き方も綺麗だ。応答内容はアレだが声や滑舌《かつぜつ》もいいし、笑顔は申し分ない。ただ、知識は努力次第として、基本的な経験や技術がまったくないってところがな――」

どうやら香山は、この場で鹿山に「不採用」を告げる気はないようだ。

かといって、「採用」とも言い難い。

「経験はともかく、技術第一が香山配膳のモットーですよ。むしろ、気持ちはあとからついてくる。真のサービス精神は真の技術にこそ宿るんです」

「――でも、シャンパングラスを積むのがうまいってことは不器用じゃないし、持って生まれたバランス感覚みたいなのはあるんじゃないの？」

「そうだよ！　タワーが三段ぐらいだったとかってオチでなければ……」

そして、それは響一や響也も同じようで、高見沢が何か言うたびにフォローに回っている。

語尾は心許ないが、どうにか採用できる要素を探そうとしてくれているようだ。

「タワーは七段を作りました。さすがに十段を頼まれたときには、背が足りないので他の先輩にお願いしましたが……」

「七段は作るが、十段は断るのか」

「まさに〝身の丈〟はちゃんと理解してるわけだな」

とはいえ、鹿山が事実を明かせば明かすほど、室内の空気が微妙なものになる。

（やっぱり、帰ろう……。これ以上、この人たちの時間を取るのは申し訳ない）

鹿山の視線が足元へ向く。

するとそれを見た響一がパン！　と、勢いよく自分の膝を叩いた。

「ねえ、叔父貴。もう、こうなったらものは考えようじゃない？　半端な知識や技術なら、いっそないほうが教えやすいって場合もあるだろうしさ」

「うん。そうだよ！　技術はあっても、変な癖がついている奴とか、性格が鼻持ちならない奴もいるわけだしさ」

すぐに響也も賛同する。どうやらこの二人も思いは香山と同じ。この場で「不採用」と決断できない何かを、鹿山に感じているのだ。

「おいおい。何、言ってるんだよ。ガチで生粋《きっすい》のど素人だぞ。この状態で登録を許したって世間に知れたら、事務所の信用にかかわるだろう」

それでも高見沢は折れない。

だが、これはこれで彼の愛社心の表れだ。守るべきものがあるからこその意見だということが伝わってくるので、鹿山は少しも嫌な気持ちにはならなかった。

むしろ、これが自分に対しての正当な評価であり、判断なのだろうと納得もできたほどだ。

「高さん。そうムキにならなくても。これまでにだって例外はあるんだから。そもそも僕だって、最初はトレンチさえ持ったことがないど素人だったんだよ」

しかし、そんな高見沢を再び中津川が宥めた。

「専務」

「それこそ、いきなり〝人が足りないから一緒に来い！〟って言われて連れて行かれたのが、日系のラグジュアリーホテルの中でも最高峰《さいこうほう》のマンデリン東京・VIPルームでのパーティーだ。ね、社長」

「まあな〜。しかも、まだ高校生だったよな。若かったな〜」

　理由は単純なことだった。これには香山も笑って答える。

「でも、それは〝その時代の香山配膳〟だからできたことでしょう？　今ほど業界内で絶対的な存在というか、位置づけはされていなかったじゃないですか」

　高見沢は頑《がん》として意見を曲げなかったが、このあたりで事務員が登録書類を用意し始める。

「だったら、玄人《くろうと》に仕上げればいいじゃん！　鹿山さんを……と、ややこしいから晃さんって呼ばせてね。晃さんを香山の一員として派遣できるだけの配膳人にしたらいいんだよ」

「そうそう。考えるまでもなく、ここにいる誰一人として、最初からプロだったサービスマンなんていないんだから。とりあえず、研修してみるのも一つの手だ。心技の心は宗方が保証してくれてるんだから、残りの技を身につけられるかどうかは、実際練習してみてもらわなかったら、わからないわけだしさ」

「――だよね。それで、これならいけそうってなったら、晃さんもうちもラッキーってことで。もちろん、これは無理そうかな――って結果になる可能性もあるけど。少なくとも、晃さんを薦《すす》めてきた宗方さんへの義理は果たせるよ」

響一と香山、響也が最終的な決定事項をまとめ上げると、さすがに高見沢もこれ以上の反対はしなかった。

完全に諦《あきら》めたのか、頭を抱えつつも、「もう、好きにしろよ」というそぶりを見せる。

「あ、ちなみに。もしもやってみて、これは自分には合わない職種だな～と思ったら、遠慮なく言っていいからね。心技の技は俺たちが見極める。けど、心のほうは自分にしか見極められないものだから。そこだけは、本当に無理しないで。遠慮なく」

「――はい」

果たして香山が、響一や響也や中津川が、いったいど素人に何を見いだしたのかは、鹿山本人にもわからない。

宗方への義理もあるだろうし、駄目もとということもあるだろう。

ただ、今の鹿山にとっては、「最初からプロだったサービスマンなんていない」と言ってくれた香山の言葉が胸に響いた。

むしろど素人だからこそ一度やってみてもらおう、という挑戦的な決断にも感動した。

しかも、そうと決まれば話の進みは速い。

「なら、決まり。研修期間は一週間でいいかな?」

「それだけあれば基礎は教えられるし、適性も見えるんじゃない」

「そしたら、担当は誰がつく?」

響一と響也が軽快に日取りを決めていく。

鹿山には、一週間で基礎は学べるというのが、どういう基準なのかもわからない。

クラブでは限られた持ち回りしかしなかった。

宗方や淩駕たちから「これお願い」「これやって」とその場で指示を出されて、その場で覚える。慌てて失敗しなければ、それこそ誰にでもできるだろう。

だが、そう考えれば一週間は必要だと判断される内容が、決して簡単なものとは思えない。

（一週間か――）

一日何時間の研修なのかによっても、求められるレベルは変わってくるが――。

「うちにマンツーマンで教えられるスケジュールの人間なんていないだろう」

「でも、専務ならあいてるじゃん」

話の腰を折るではないが、高見沢の台詞《せりふ》を受けた響也が、視線を中津川に向けた。

「それが――、こんなときに限って、外での打ち合わせが多くて、通しでは難しいかな」

肝心《かんじん》なところで話が止まってしまう。

鹿山がひたすらドキドキしていると、「ほらみろ」と高見沢が大袈裟《おおげさ》な溜息を漏らした。

しかし、こうと決まれば、高見沢もきちんと協力はしてくれる。

「しょうがねぇな。こういう結論になるなら、俺が他の仕事を調整して……」

「いや、待って。適任者がいる」

「あ、確かにいるな」

ただ、高見沢の意思表示とほぼ同時に、中津川と香山が声を発したものだから、高見沢の厚意は綺麗にかき消された。あまりのタイミングの悪さに高見沢は口ごもり、響一と響也、その場に居合わせた者たちはいっせいに口元を押さえたほどだ。

しかも、そこにインターホンが鳴った。

すぐに対応したのは中津川。彼のデスクの上には、インターホン用の受話器が置かれている。

〝おはようございます。優《すぐる》です。予定の確認に来ました〟

「おはよう。今、開けに行くから」

〝はい〟

中津川が短いやりとりを終えると同時に、事務員が席を立って玄関へ向かう。

「噂《うわさ》をすればだな」

「え⁉　よりによって、優に任せるんですか？」

「ああ。同じ素人上がりだ。俺たちより彼の気持ちもわかるだろうし、むしろうまく教えられるんじゃないかと思って」

どうやら優という名の登録員らしい。中津川や香山は、彼に鹿山の研修を任せる気のようだ。

（同じ素人？　インターホン越しの美声だけでも、すごいベテランさんかなってぐらい、落ち着いた感じの人なのに？）

身の置き場がわからないまま立ち尽くす鹿山に、「座りなよ」と再度席を勧めてくれたのは、響一だった。

「ありがとうございます」

恐縮しつつも浅く腰をかけるが、そこへ玄関に立った事務員が戻ってきた。

「失礼します」

一歩遅れて優も室内に入ってくる。

(——うわっ！　今度こそ芸能人だ)

鹿山の目が再び見開いた。

シャツにズボンにカジュアルジャケットという普段着姿で現れた優は、香山たちや中津川、高見沢ともまったく違った雰囲気を持つインテリジェントな美男だった。

年の頃は三十前ぐらいだろうか、さらりと流れる前髪に細いフレームの眼鏡《めがね》がよく似合う。

しかも、長身中肉でとても腰の位置が高い。当然股下も長く、彼の日本人離れした体型のよさに、鹿山の目は一瞬にして釘づけになった。

(やっぱりここって、モデル事務所？　それともトップクラスの執事さんって、容姿端麗、学術優秀が基本なの？　その上に技術⁉)

「優。ちょうどいいところに来てくれたよ。実は頼みたいことができてね。彼に仕事を教えてほしいんだ」

「仕事？」

鹿山が再び困惑し始めるも、話は進む。

急な話に優も戸惑っている。中津川から「彼」と紹介された鹿山に視線を向けると、軽く会《え》釈《しゃく》だけはしてきた。

鹿山も慌てて立ち上がり、「よろしくお願いします」と頭を下げた。

「そう、期限は一週間。みっちりマンツーマンで、彼が香山配膳の人間として派遣できるレベルになるよう、指導してほしいんだ。方法はすべて君に任せるから」

中津川も席を立ち、鹿山の氏名に必要事項を書き添えただけのメモ用紙を優に差し出した。

「何を言われているのか、意味がわかりませんけど」

「具体的に言うと、これが今の彼——鹿山晃くんができるすべて。とりあえず、洋食と中華の披露宴を続けて二本こなせるぐらいを目標にしてもらえる？」

メモ書きを受け取り、いまいち理解が追いつかないままの優が目を通す。

それを苦笑混じりで眺めているのは、高見沢だけ。他の者たちは、どうしてか期待に満ちた目で見つめていた。

「——え？　トレンチで運べるグラスはアイスセットで二、三個程度。シャンパンのコルクは抜いたことがないが、タワーは七段までならしっかり積める。英語とドイツ語ができるが、園児レベルかもしれない。ただし、サービス精神だけは保証付き。以上。——以上⁉」

なんの冗談かと思うような内容に、優が用紙の裏を確認した。

だが、以上は以上だ。どれほど探したところで何も書いていない。

「これを香山レベルにまでしろって言うんですか⁉　それもたった一週間で、披露宴二本⁉」

優の驚き方を見るだけで、鹿山は彼が〝高見沢寄りか同じ考えだ〟と察した。

おそらく相手が中津川だから、まだ感情を押し止《とど》めている。別の者なら、驚くよりも先に怒ったかもしれない。それほど優の口から出た「これ」には力が入っていた。

鹿山には、「何ふざけたことを言ってるんですか、無理に決まっているでしょう！」と、脳内変換して聞こえたほどだ。

「こなせるかどうかは、教えてみないとわからないかな。正直言って、彼の適性を見るための研修期間だから。ただ、優にはそのつもりで教えてほしいってこと。やり甲斐《がい》があるだろう」

「――やり甲斐って。そういうレベルの話じゃないでしょう。他の事務所の新人レベルならまだしも、香山って……。無茶ですよ」

笑顔を崩すことのない中津川に、優は見てわかるほど困り果てていた。

鹿山もさすがに、ここが潮《しお》どきのような気持ちになる。

（やっぱり無理だよな。俺にはここで必要とされる条件が、何一つないんだから）

だが、中津川の態度は変わることがないし、ここで一歩前に出た香山もそれは同じだ。

「だから君に頼むんじゃないか」

「社長」

「ある意味、これは優にとっても最終ミッションかつ、いいステップアップになると思うしね」

腕組みをしつつ、微笑む香山の自信はいったいどこから来るのだろうか？

（最終ミッション？　ああ……。最後は新人相手でも教えられて一人前ってことか）

鹿山には、無理難題を押しつけられた優が、逃げ場を失っているようにしか見えない。

今一度メモ書きを眺める彼が、ここで返事をする前に、研修そのものを辞退したほうがいいような気がしてきた。

「あの、俺……」

「わかりました。最善を尽くします」

だが、躊躇いながらも鹿山が辞退する前に、優は教官役を引き受けた。

決して快くとは言い難いが、それだけに彼からは大きな覚悟と強い意志が感じられる。

「ありがとう。助かるよ」

「あ、それから研修中は、一日八時間の出勤扱いで基本七日分。気持ち上乗せするけど、残業が発生したらいつもどおり申告して。研修で使った費用に関しては、領収書の提出を。あと、鹿山くんにも最低限の日当は出すから、まずは頑張って」

香山も中津川も満足そうだ。

こうなると、鹿山も前向きな発言をするしかない。

「はい！　ありがとうございます」

胸中には、不安しか湧き起こってこなかったが――。

＊＊＊

土日や祝日が稼《かせ》ぎどきとなる派遣の仕事だけに、鹿山の研修は翌週の月曜から日曜までの七日間と設定された。研修のスケジュールは、すべて一任された優が組むことになっている。

だが、中津川から渡されたメモ書き一枚では、さすがにどこから何をさせればいいのか悩んだようで――。

優は、鹿山に「今から少し打ち合わせがしたいんだが、時間はある？」と聞いてきた。

鹿山が「はい」と即答すると、事務所から出て一番近いファミリーレストランに腰を落ち着けることになった。

「今日のこれは無給だが、月曜の研修からは日当が出るから」

「――はい。ありがとうございます」

香山にも感じたことだが、優のエスコートもまた、自然で優雅《ゆうが》なものだった。

それは、レストランの扉を開けてもらったところから座席に着くまでの間だけでも、十分感じ取ることができる。

「お腹は空いてない？　ここは出すから、好きなもの頼んでいいよ」

「いいえ。俺はドリンクだけで大丈夫です。優さんのほうこそ、お食事がまだでしたら、どうぞ」

「俺はすませてきたから。じゃあ、とりあえずドリンクで」

メニューの勧め方から引き方までもが、鹿山には自分や知り合いとは違って見えた。

優本人は仕事でもないので、マイペースでこなしているのだろうが、だからこそ身につけている所作の基本に、底知れぬ差を感じてしまう。

（すごいな……。一緒にいるだけで、自分がお坊ちゃんな気分になってきた。というか、俺相手にこれってことは、お客様や恋人相手だとどうなるんだろう？）

ドリンクバーからコーヒー一杯を持ってくる人の姿に目を凝らしたのは、鹿山も初めてのことだった。これが、今から習う仕事に直結しているという意識があるから目がいくのか、それとも何もなくても惹《ひ》かれるのかはわからない。

ただ、何もわかっていないであろう周りの客の、特に女性客の反応は鹿山と同じだ。

ということは、行きずりで見かけただけでも、優はそうとう目に留まる存在なのだろうことは、鹿山も納得した。

「しかやま？　かやま？　あきら？　くん」

優がアメリカンを選び、鹿山がカフェオレを選んで席へ戻ると、まずは自己紹介から始めた。

「それで〝かやまひかる〟と読みます」

「また、誤解を受けそうな名前だな。音だけ聞いたら完全に社長の身内だと思われる。ローマ字表記の名札だったら、もっとか……」

「すみません……」

「いや、こればかりは、鹿山くんのせいじゃないし。あ、ここからは、晃くんでいいかな？」

「晃でいいです。くんを付けられる年でもないので」

「――なら、お言葉に甘えて晃で」

「はい」

優は、中津川から渡されたメモ書きに新たに得た情報を書き込みながら、何度となく目を細めていた。

やはり、字面で社長の存在がかぶってくるのか、眉間に皺《しわ》が寄っている。

だが、そんな姿さえ絵になる人だと、ここでも鹿山は見入ってしまった。

（橘《たちばな》優さんか。この至近距離で見ても肌は綺麗だし、髪はさらっさらだし、イケメンだな――。綺麗なのにカッコいい顔の男の人って、初めて見る。直に三十歳になるってことは、今は二十九歳。高見沢さんと同じぐらいなんだろうけど、手の形から指の先まで綺麗な人だな……）

最初に交わした自己紹介以後、優からは何も聞かれないので、鹿山は黙って彼を目で追った。

（しかも、達筆だ。何一つ他人の期待を裏切るところがない。こういう人を完璧っていうのかな？　優さん自身も完璧主義そうだしな）

もはや観察に近いが、自然と笑みが浮かぶ。

「それにしても、一週間で洋食・中華の披露宴を二本続けてこなせるレベルか。香山レベルっていったら、スタッフの仕切りや式の進行も入るよな？　そうしたら最低でも部屋持ちと同じ仕事はこなせないと……。いや、それ以上でなかったら、香山レベルとは言えないのか」

するると、優が何かをシミュレートし始めたのか、メモ書きを裏返して思いつくことを箇条書きにし始めた。

「あの……。俺は何から学んだらいいんでしょうか？」

「黙ってろ。それを今、考えている」

「――!!　はい」

優は思いのほかテンパっていた。意外と語尾がきつかった。

（あ……、宗方店長のパターンかな？　顔に似合わないべらんめえ。でも、つい一言前は丁寧だったから、素に戻るとこんな感じ？　声の響きがいいから、怖い感じはしないけど）

鹿山がじっと見つめ続けるも、優は一人会議に集中している。

「なんにしたって、まずは持ち回り。洋食と中華ってことは、必要最低限のプレゼンテーションがある。コルクを抜いたことがないってことは、抜栓の音出し、音なしから教えなきゃいけないんだよな？　注いだこともないって意味なのか？　いくらなんでも素人すぎるだろう」

邪魔をするつもりは毛頭ないが、瞬《また》く間に五分、十分が過ぎていく。優にとっては一分、二分の感覚かもしれないが、じっと待つ鹿山にとっては倍にも感じられてくる。

「あの……」

「なんだ」

「テーブルクロスの天地って、裏表のことでいいんですよね？」

思い余って、つい聞いてしまった。

「は？」

「ですから、テーブルクロスの天地です。さっき響也くんに、表裏のことですよねって言ったら、反応が変だったので……」

実は、先ほどから気になっていたことの一つだった。

だが、これを聞かされた優は、響也以上に驚いている。

「――そこから説明がいるのか。いや、だよな。できることに書いてないもんな。本当に、ここに書いてあることしかできないってことだもんな」

今の衝撃で完全に素に戻ったのか、最初に響かせたやんわりな口調や語尾は完全に消えていた。

それこそ手にした用紙の表裏を何度も見返しながら、呆れを通り越した感情を持てあまして、どうしようかという状態だ。

「すみません！　ご迷惑なようなら他を当たりますので」

「は⁉　お前はその程度の気持ちで、香山に入ろうとしてるのか！」

しかも、今度こそ潔《いさぎよ》い撤退と思い辞退を口にするも、これが優の逆鱗《げきりん》に触れた。

用紙とペンをバンとテーブルに置かれて、鹿山は悲鳴も上がらない。

「ごめんなさい‼　でも、自分の気持ちの程度がうまく説明できないんですけど……。ただ、適正もちゃんと見て、向き不向きの判断をしてくれるからって言われて面接を勧められたので……。今の段階で向いてないって思えるようなら、はっきりそう言ってもらうほうが、優さんをはじめとするみなさんの仕事の邪魔にならないと思って」

思いつくまま謝罪と言い訳を並べるが、自分でもよくわからなくなっていた。

「もちろん。どんな仕事でも誠心誠意務める覚悟はあります。努力もします。ただ、世の中には、それだけではどうしようもないというか……。周りが望む結果に繋がらないものがある、むしろ邪魔になることさえあるって知ったばかりなので……」

何をどうしたところで、次から次へと思ってもみなかったことが続くのだ。

鹿山だって言えるものなら言いたい。

これ以上俺にどうしろって言うんだよ！　と。

「悪い。お前の話は突飛で、俺の思考が追いつかない。一度、整理させてもらっていいか？」

するると、鹿山の声にならない思いが通じたのか。はたまた今にも涙が零れそうになっている双《そう》
眸《ぼう》に押し切られたのか、優のほうから待ったをかけてきた。

まるで「どうどう」と馬でも宥めるように、鹿山に「落ち着け。俺も落ち着くから」と促してくる。

「はい」

そうして、それぞれがコーヒーカップを手にして一息つく。

一分どころか、三秒でも長い――。

「いくつか質問させてくれ。そもそもお前は、誰に憧れて香山配膳に入ろうとしてるんだ？　社長か？　響一か？　それとも他のＴＦメンバーか？」

コーヒーを飲み、深呼吸をし、ペンを持ち直すと優が質問を再開した。

「すみません。俺は、事務所の方とは、今日お会いしたのが初めてで……。ＴＦメンバーってなんのことですか？」

しかし、この時点で優はペンを落とした。

「ちょっと待て。香山配膳そのものは知ってるんだよな？」

「すごいバンケットスタッフばかりが揃う派遣会社だということは、お聞きました。でも、そういう派遣会社もあるんだ――というのは、今回初めて知りました。ホテルとか式場って、社員やパートさん以外にも派遣さんがいたんですね」

「――」

一瞬返答に困ってか、口ごもる。だが、これでは先ほどの二の舞だと思ったのか、優は今一度深呼吸をしてから、身を乗り出した。

「えっと。ってことは。お前は香山配膳に入りたくて、経験もないのに誰かの強力なコネで入り込もうとしているわけじゃないのか？　香山配膳の仕事も存在も意味も、何一つまったくわかっていないのに、偶然目にした求人広告を片手に面接にやってきたレベルってことでいいのか？」

あまり他人には聞かれたくないことだけに、自然と声が小さくなった。

「ごめんなさい。もしかしたら、もっとひどいかもしれません。求人広告を見ることもなく、人に勧められるまま来てしまいました。その……、ここのところいろいろ続いて、どうしていいのかわからなくなっていて……。でも、一人暮らしだし、奨学金の返済もあるので、すぐにでも仕事は見つけなきゃって思っていたんです。そんなときに、性格的には合っているから行くだけ行ってみろ。紹介するからって言われたので――」

優の問いかけに合わせるように、鹿山の声も小さくなっていく。

「誰に？　あ、宗方の紹介だっけ？　親戚か何か？」

「いいえ。俺にとって宗方さんは、退職したホストクラブの店長兼マネージャーさんです。香山社長たちがホテルマン時代の友人だからって紹介してくれて。優さんもお知り合いなんですね」

「いや、お知り合いというか……、え？　退職？　お前、前職ホストなの？　それで⁉」

ただ、ここへきて優の声が跳ね上がった。

多少は冷静に会話ができるようになったものの、それさえぶち壊すほど衝撃的だったらしい。

「いえ。専属アシスタントというかバーテン？　っていうんでしょうか。幼馴染みがお店のナンバーワンホストだったもので、俺が失業したときに誘ってくれたんです。接客はしなくていい。店の雑用と自分の手伝いだけすればいいからって」

「あ……。それでシャンパンタワーのグラスは積めるとか、変な経歴になってるのか」

「はい」

だが、ここまで聞くと、逆に腹が据《す》わったのだろう。優は再びコーヒーカップに手を伸ばしながら、鹿山に質問を続けてきた。

「それで、前々職は？　一応は接客業だったんだよな？」

「いいえ。設計事務所です。ただ、まともに仕事をする前に親会社が潰れて、連鎖倒産してしまって……。なので、二級建築士の資格さえまだ取っていなくて……」

「聞けば聞くほど理解不能だ。いくら誘ってくれたからって、どうしてそこでホストクラブでバイトしようと思うんだ？　普通は同系列の会社に再就職活動とかってならないのか？」

これまでにはなかった興味が湧いたのか、鹿山自身のことにも触れてくる。

だが、特に嫌な気はしない。なので、鹿山は聞かれるままに自分のことも話した。

「就活そのものが厳しくて、やっと受かった会社だったんです。しかも、連鎖倒産の末端だし、それこそ仕事のできるベテランさんが山ほど再就職先を探すことになっていたので……」

「同時期に動いても、受け入れ先がない。新卒って肩書さえなくなった上に、中途採用の熾烈《しれつ》な争いに勝ち残れる資格もなければ経験もない。しかも、こっち方面ではコネもないってことか」

「はい」

この席だけが、ハローワークの受付のようになっていく。

「なら――、仮にここでだ。俺が知り合いの建設会社を紹介してやるけどって言ったらどうするんだ？　香山よりそっちに行くか？」

「いいえ。さすがにそれは……」

「何かしらの目標があって就職したんじゃないのかよ。建築士の資格云々ってことは、そのための勉強はしてきたってことだろう」

鹿山には、優が本格的な相談員に見えてきた。

「それはそうなんですけど……。短期間に業界の闇を見すぎたというか……。最初の社長さんや上司より、クラブの店長さんや香山の社長さんたち、優さんたちのほうが親身で、俺の話もきちんと聞いてくださるので――」

しかし、話が進めば進むほど、気が重くなる。

優の言いたいことはわかるが、鹿山にとってもここ二ヶ月のことは想定外だ。

そもそも誰が想像するだろうか。五月病になる間もなく、会社が潰れるなんて。

初任給ももらっていないのに、社長が夜逃げをするなんて！

怖い顔の債権者が、オラオラ言いながら取りたてに来るなんて!!

だが、そんな会社とはさよならしても、奨学金の返済は始まっている。

一人暮らしをしているだけに、家賃や光熱費、スマートフォン代だって払わなければならない。当然、食べなければ、生きていけない。

細々とした手続きをしていけば、待ってもらえるお金も、払ってもらえるお金もあるだろうが、それよりまずは先に勤め先だ。

当面の収入だけでも、目処をつけなければ、生きた心地がしない。

なにせ、鹿山のスケジュール帳は家計簿兼用なのだ。毎月ある固定の支払い分が記入ずみなだけに、収入欄を埋められる仕事がなければ、わずかな貯金を切り崩したところで、どれだけ持つかは一目瞭然だ。

誰に何を言われたところで、綺麗ごとで赤字は消せないし、ましてや絶望したばかりの職種に今一度夢を見るなど無理難題だ。

仮に優が本当に会社を紹介してくれたとしても、また人の親切を無下にしやがってと怒っても、すぐに気持ちが切り替わるほど鹿山が受けた衝撃は小さくない。

それこそ、理解してくれなくてもいいから、ほっといてくれと言いたくなる状態なのだ。

今は、まだ――。

しかし、すっかりいじけに入った鹿山に対し、優が放った言葉は意外なものだった。

「よっぽどの闇を見たんだな。まあ、仕事なんて結局のところ、気持ちか金か人間関係だ。ときには潔い撤退や進路変更が即決できるっていうのも、長所と言えば長所か」

「長所？　逃げたって思わないんですか？　これだからゆとりは……とか」

「昔から〝逃げるが勝ち〟って言葉があるだろう。それに、どんなに夢を見たところで、実際蓋《ふた》を開けてみたら、こりゃ無理だって世界があっても不思議はない。ましてや勤め続けているなら、もう少し我慢してってこともあるだろうが、会社そのものが潰れたんなら転機と開き直っても罰は当たらないだろう」

「……優さん」

驚きのほうが勝ってしまって、うまく喜べない。

だが、鹿山はすごく救われた気がした。気持ちが楽になった。

――こんなことで諦めるのか⁉

――なんのために奨学金まで借りて勉強をしたんだよ！　大学に行ったんだよ‼

誰が責めなくても、こんなことになっている自分を一番責めていたのは、他でもない鹿山自身だ。

夢と現実の狭間で、結果的には家計簿を握りしめた自分が間違っていたとは思わない。支払いを滞《とどこお》らせたり、他人に迷惑をかけるよりはよほどいい。

だが、それでも自分に問い、責める気持ちがずっと消えずにいたことだけは確かだ。

（なんだろう。やっと、許せる気がする。逃げた自分を。諦めた自分を――）

いろいろなことが続きすぎて、自分が弱っていたのも確かだが、今の言葉には胸が熱くなった。

いっそう目頭も熱くなり、グッと奥歯を嚙みしめた。

「それで――。一時しのぎとはいえ、誠心誠意勤める覚悟で入ったクラブを退職したのは？　努力が売り上げに結びつかず、店に貢献できなかったからか？　それとも、誘った奴にお前の面倒を見るだけの力がなくなったのか？」

「――」

「まさか、説明できないようなことをやらかしたのか⁉　その幼馴染みの常連客を寝取ったとか」

すると、感極まって即答できなかったために、また変な誤解を招きそうになった。

「そんな！　そんな怖いことしていません。ただ、ある日突然、常連さんに〝今日は晃くんが座って〟って言われたので、隣に座らせていただいただけです」

さすがに客を取ったまでならまだしも、寝取ったとは思われたくない。

だが、ここまできて嘘や誤魔化《ごまか》しは通じない。

そもそも優が納得するような作り話など、鹿山には思い浮かばない。

「あとは……、お腹が空いてるんでしょう。ここでご飯を食べていいのよって言われて、焼きおにぎりをオーダーしてもらったら……」

「もらったら？」

「他のテーブルのお客さんたちも、唐揚げやサンドイッチ、ジュースをオーダーしてくれて、こっちにもおいで……って。それで、こういった好意は素直に受け取るのもお仕事よって言われたので、有り難くいただいたら、他のホストさんたちに怒られました。店の外に出されて、幼馴染みにも調子に乗るなって呆れられて……」

鹿山は、一昨日の夜に起こったことを、ありのまま話した。

そのときの自分には、客に親切にされて喜ぶことが仕事になる、凌駕から客を奪うことになるという発想は微塵《みじん》もなかったが、宗方がこれを「正統な方法だ」「仕事だ」と言うのだから、そうなのだろうと納得していた。

しかも、今になって思い起こせば、確かに客のほうも「これも仕事よ」と言っていた。

そして、本来なら凌駕が着いたテーブルに出されるかもしれなかった食事や飲み物を、自分がもらってしまったのだから、やはりこれは略奪行為だったのだと思い知った。

それが証拠に、昨日のうちに精算してもらったアルバイト代には、時給以外に売り上げの歩合が足されていた。

あれは間違いなく、鹿山が喜んでお腹に納めた食事やドリンク代から発生したものだ。

本来なら、凌駕か他のホストがもらっていたお金だ。

「それで辞めさせられたのか?」

とはいえ——。

湧き起こる罪悪感からうつむく鹿山に対して、優はこれまで以上に呆然としていた。

問いかける声から、すっかり力が抜けている。

「いえ。自分から辞めました。なんていうか、お客さんたちはみんないい人で。グラスを持って運ぶだけの俺にもすごく優しくしてくれて、声もかけてくれて……。でも、よく考えたら、それって俺がナンバーワンの幼馴染みだからだろうし。それなのに……。知らず知らずのうちに、調子に乗ったんだろうな。迷惑をかけたんだろうな……と、思ったので」

「目に浮かぶような光景だな。お前に辞められた宗方は、さぞ苦笑いだっただろう」

鹿山はやはり、幼馴染みの客を奪うなんて、呆れているんだ！　と、思った。

その場から勢いよく立ち上がる。

「はい。やっぱり俺が図々しかったんですよね。店長が香山配膳を紹介してくれたのだって、本当はただの社交辞令だったかもしれないのに、真に受けて……。本当にお手数ばかりおかけしてすみませんでした！」

深々と頭を下げて、レシートを掴むが、その手はしっかり掴まれた。

その瞬間、驚きを上回る焦りが生じて、鹿山は全身を震わせた。一気に鼓動が跳ね上がる。

「いや、待て！　ごめん。そういう意味じゃないから。早まるな」

「……っ」

「とにかく、座れ。最後まで話を聞け」

完全に半べそになっていた鹿山を席に戻し、ついでとばかりにレシートも取り上げた。

「カフェオレのお代わりでも入れてくるか？　他のを飲むか？」

「……いいえ。けっこうです」

「なら、軽食は？　いっそデザートいくか？」

「……それも、大丈夫です」

「わかった。なら、続けるぞ」

「はい」

鹿山に一呼吸させてから、話をもとに戻す。

鹿山は、オロオロしながらも、話の主導権を優に任せる。

「で——。俺が言いたかったのは、その店長の立場だったら、お前のほうに残ってほしいと思うだろうなってことだ。ついでに言うなら、香山を紹介してきた理由もわかる。辞めたお前が他の店にハントされたら、客が減る。少なくとも、お前を餌《え》づけしようとした常連客は、店を変えるのが目に見えている。だったらいっそ——ってやつだったんだろう」

「いえ。さすがにそれは。店長さんも、向き不向きがあるって言ってましたし。もともと俺自身も地味なんで、ああいうキラキラしたところは似合わないというか、場違いだったんだと思うし」

「自己評価の低い男だな。こっちは誉めてるんだから、否定するなよ」

しかし、再開もつかの間、鹿山が一言返しただけで、今度は怒られた。

「え？」

「素直で謙虚《けんきょ》なのはわかるが、一歩違えると卑屈《ひくつ》に取られるぞ」

「……すみません」

「すぐに謝るのもやめろ。口癖なのか本心なのか、そのうち自分でもわからなくなる」

「——す、……はい」

謝ったら呆れられて、ますます鹿山は萎縮してしまう。

(もう、帰りたいよ……。誉めてるって、怒ってるじゃないか)

自分でも、いったい何をしているんだろう⁉　という気持ちになる。

ただ、こんな状況だというのに、優は突然ペンを持つと、用紙の隙間に新たに思いついただろうことを、横文字で書き殴り始めた。

それこそ用紙の両面に、隙間という隙間を埋めるように、鹿山にはわからない外国語でメモを綴《つづ》り続けた。

そして、書き終えた用紙を四つ折りにすると、彼はペンと一緒にジャケットの懐《ふところ》へしまい込む。

「まあ。なんにしても、今の話でだいたいのことはわかった。こんなど素人に一週間もの時間と給金をかける気になった社長たちのギャンブル精神……。意図も見えたから、とりあえずはやれるだけのことはやってみよう」

「え？」

「お前の誠心誠意の努力が、果たして自他ともに認める結果に繋がるのか」

驚く鹿山に向けて、優は吹っ切ったように微笑んだ。

しかし、さんざん怒られ、ビクビクしたあとだけに、すぐには反応ができなかった。

「そもそもお前がこの仕事を心底からやりたいと思えるのか。そして、その気持ちに技術が追いつくだけの資質があるのか、確認をするために――」

それでも、優の眼差しが真剣なことだけは、鹿山にも十分伝わった。

会ったばかりの人間に真顔で呆れたり怒ったりと容赦がないのは、彼が何事に対しても本気だからだろう。

そして、何より鹿山にもこの研修を真剣に受けてほしい、これからの一週間、悔いの残らない時間を過ごしてほしいと、感じられたから――。

2

優が普段どおりに仕事をこなした土日が明け、月曜日。研修初日となる朝九時に、鹿山は優に呼び出されて、銀座の街にいた。

「おはようございます」

――太陽の下で見ても、ずば抜けた存在感だ。

そんなことを思いながら、鹿山は優に頭を下げた。笑みも漏れる。

「待ち合わせの十分前にはいる。まずは合格」

「ありがとうございます！」

「ただし、現場に行くときは、施設の入り口から更衣室までの移動や着替える時間も入るから、それを考慮《こうりよ》するように。初めて行くホテルや式場は、必ず余裕を持って行くこと。中が広くて迷って遅刻なんて言語道断だから」

「はい」

淡々と評価されて、一瞬にして気持ちが引きしまった。

ということは、気持ちが緩《ゆる》んでいたのだろうか？　と、自問自答してしまう。

だが、ぽっかり空いた二日間。これでも鹿山は、自習をしたほうがいいのだろうかと思い悩み、土曜の朝に一度だけ、教えられていた優のアドレスに質問のメールを送っていた。

すると、

――ネットや本でできる自習はやめてくれ。勝手な知識をつけても邪魔になるので、その気持ちがあるなら箸使いの練習だけをしてほしい。割り箸から菜箸の各種サイズで、尚且つ正しい持ち方で、大豆を皿から皿へ的確に移せるように。少しでも手早く綺麗に移動できるように。それだけを猛特訓しておいてほしい――。

と、指示されたので、ひたすらそれを繰り返した。

――できることなら立ったまま――という追加指示もあったので、鹿山は二人がけのダイニングテーブルに小皿を並べて、買ってきた長さや素材の違う箸を使って、一袋の大豆をあちらへやったり、こちらへやったりを繰《く》り返した。

すると、これまで気にしたこともなかった、箸の素材や長さによって腕にかかる負担に違いがあることに気がついた。もちろん、食事をする程度の時間では、そこまで負担は感じない。

だが仕事で長時間と考えると、二の腕に筋肉痛がくるということがわかった。

そして、この中腰になる高さでの作業は、腰にもくると。

鹿山は、そんな発見をしながら、大豆だけでは飽き足らず、玉子や胡麻《ごま》などでも同じ練習を繰り返した。腕がびりびりしてくると、「優さんたちはできるんだから」と呪文のように繰り返したが、それ故にまた違った発見もしてしまった。

「よく考えたら、お休み返上になってませんか？　本来休みが平日にあるのだろう。

土日祝日をメインに働くということは、すみません」

昨日、一昨日と仕事をしていた優にとって、ここから更に一週間鹿山につきっきりということは、普段とは違うスケジュールになっているはずだと、申し訳なさが込み上げたのだ。

「――」

ただ、それを口にした途端にジロリと睨《にら》まれた。

長身な彼と伸び悩んだ鹿山とでは、背丈が十五センチは違う。そのため、鹿山が彼を斜めに見上げると、ちょうど太陽光が弾けて、眼鏡のレンズがギランと光って見えた。

これは迫力倍増だった。鹿山は慌てて一言添える。

「あ！　口癖じゃないです。これは、ありがとうございますを含めた、すみませんです」

「それなら次からは、ありがとうとだけ言ってくれ。ただし、こっちは正規の仕事で受けてるから、問題なしだ」

「はい。すみ……、失礼しました」

言い方を変えたところで、内容に差がないのはわかっていた。

よく言えば腰が低いのだが、優が言ったように口癖になっている感は否めない。

だが、気持ちは通じたようで、一歩前を歩く優の口角がクッと上がった。

（あ。笑ってくれた）

鹿山はそれだけで嬉しかった。

「それで、だ。すでに知ってることはあるかもしれないが、今日と明日の二日間は基礎知識を叩き込んでもらう。時間が限られているから、必要最低限になるけど、こちらが知っといてほしいことを一通り説明していくから、メモを取るなり頭に記憶していくなりして、自分のやり方で覚えてくれ」

「はい」

そうして、鹿山は銀座の街を移動する優のあとをついて歩いた。

基本、一日八時間の研修。優が九時五時で教える気なのは想像がついたが、最初に鹿山が案内されたのは、ビルの地下にある老舗《しにせ》の喫茶店だった。

(喫茶店? 基礎知識の詰め込みなら、図書館とかのほうが――。あ、口頭でのやりとりがあるから、それは無理なのか。もしくは、ウエイターの基礎から学ぶ?)

木とレンガのクラシカルな装いの店内には、猫足のアンティーク家具や食器がオブジェとして飾られていた。

(それにしても、高級感のある喫茶店だな……。ファミレスやチェーン店とはまったく雰囲気が違う。煎《い》りたての豆のいい香りがする。あ……、オリジナルブレンド一杯で、俺のランチ代飛ぶんだ。これって場所代込みなのか、豆からすべてが高級なのか、優さんに聞いてみてもいいのかな?)

それとなく見回しただけで、貧乏学生を地で行くまま失業者になった鹿山の生活とは、基準が違っていることがわかる。

(でも、コーヒー一杯を飲むだけなのに、こんなに違うんだ。ホストクラブでの飲食が高いのは、なんとなくわかるけど。そういうのがなくても、高いところは高いんだな――。俺、普段着でよかったのかな？）

　入り口から数メートルで、いろんなことが頭に渦巻いた。

「晃、何してるんだ」

「はい。今行きます」

　そんな鹿山を先導しながら、優は出迎えた店員に奥の席を希望し、着席した。

（椅子《いす》もビロード張りでフカフカだ。照明も明るすぎなくて、綺麗だな〜）

「晃」

「はい」

　鹿山が感動に浸《ひた》る間もなく、研修が始まる。

「これから教えることは、俺個人が香山配膳の一員になるとしたら、最低これぐらいは頭に入れてくれってことであって、他人や他社とは線引きが違う。よそならそこまで必要ない、気にしないという内容も含まれるが、そこは無視して言われたことを覚えるようにしてほしい」

「はい。他はまったくわからないので、言われたことだけを全力で覚えます」

「覚えたことに対しては、即座に応用も求めるから、常に思考回路全開でよろしく」

「はい！」

　返事こそきちんとするものの、鹿山はこれから優が何をするのか、また自分は何を覚えるのかと、胸がドキドキしていた。期待と不安が入り交じったそれは、程よい緊張感を生みだしている。

（いよいよだ）

鹿山は、横へ下ろした斜めがけバッグの中から、真新しいA5判の方眼ノート、使い込んだ筆記具、そしてスマートフォンを一緒に取り出し、緋塗《ひぬ》りのテーブルの端へ置いた。

これらが磨き抜かれた銀製のシュガーポットと並ぶ姿は初めて見る光景だ。

（なんだか俺の持ち物までリッチに見える。ポットのほうが安物に見えないってことは、本当にいい物は、周りに引きずられて安っぽく見えるってことがないんだな）

何もかもが新鮮で、鹿山にとっては初めて覚える感動だった。

「いらっしゃいませ。ご連絡をいただいたオーダーの変更はございませんか」

「ああ。よろしく」

「かしこまりました。では、少々お待ちください」

優は、水を持ってきたウエイターとオーダーの確認をしていた。

注文はすでに頼んであるようで、ここでの飲食も研修の一部なのだと知り、鹿山は更にドキドキしてしまう。

（まさか利き酒ならぬ、利きコーヒー？　利き紅茶？）

「お待たせ致しました」

「ありがとう」

そうして運ばれてきたものは、コーヒーとカフェオレだった。

一目でアンティークとわかるカップの存在感がすごいが、仕掛けがあるようには見えない。金曜のファミレスとまったくオーダーが変わらないのであれば、優のコーヒーがアメリカンで、鹿山のこれは見たままどおりのカフェオレだ。

「まあ、とりあえず飲んで。ちょっと落ち着いてからにしよう」

「――はい。いただきます」

鹿山は勧められるまま、取っ手のないカフェオレボウルに入ったそれに手をつけた。

(わ、優しい。口当たりが違う気がする。美味《おい》しい)

コーヒーカップで飲むのと違い、両手でボウルを持つところから気分が変わった。

――でも、このシチュエーションは女の子のほうが好きそうかな?

そんなことも考えながら、自然と口角が上がってくる。

「どう?」

「はい。同じ飲み物でも、場所や器が変わると気分が変わりますね。唇に触れるカップの厚みでも、なんとなく違って感じます」

聞かれるまま感想を答えるも、鹿山はカフェオレの美味しさからか、二口、三口と飲み進めた。

「そう。その感覚を覚えてほしいんだ。あとは、その同じ飲み物っていうところが、ポイントなんだけど……」

「でも、やっぱりミルクの温度が違うので、香り方が違って感じるのは、喫茶店ならではなんでしょうね。淹《い》れ方で変わるのはお茶と一緒かもしれませんが」

「え?」

「あ、すみま……。じゃなくて、優さんはカフェオレとか普段飲まないんですか? アメリカンもそうだとは思うんですが、カフェオレもマシン使用か否かでけっこう変わるんですよ。同じ牛乳を使っても」

緊張が解け、気分がよくなり話しすぎたのだろうか？

鹿山の話に、優の表情が若干《じやつかん》険しくなった。

「――お前。その〝同じ〟っていうのは、大きな括《くく》りで、牛乳って意味で言ってるのか？」

「いいえ。まったく同じものって意味です。名前やメーカーまではわからないですけど、金曜に飲んだものと同じだと思うので」

対面から身を乗り出されると、自然と身体が引けてくる。

更に優の背後にはコーヒーを運んできたウエイターまで仁王立ちしているのだから、鹿山はすっかり怯《おび》えてしまう。

「どうしてわかった？　こっちはわざわざ事前に仕込んで、わざと同じものを使ってもらったのに。お前、実は牛乳ソムリエとかコーヒーソムリエとかって資格でも持っているのか？」

「持ってないです。ただ……」

「ただ⁉」

「なんとなく一度食べたり飲んだりしたものの味は覚えてます。これは三日もあいていないし、コーヒー豆も同じですよね？　多分、どちらか一つが違ったら別の味って認識になるんですけど、両方同じだったので、違いは温度とか淹れ方ぐらいかな……って」

聞かれたので答えはしたが、語尾は震えて、本人自身もふるふるしていた。

言葉にこそ出さないが、全身で「怒らないで！」と訴えているような怖《お》じ気《け》かただ。

「——」

しかし、そんな鹿山を見ながら、優もかなり困惑している。

「優さん。彼、ソムリエに育てたほうがいいんじゃないですか？」

「いやいや。この味覚があるなら、むしろシェフ・ド・ラン向きだよ。ちゃんと指導して育てたら、思いがけない逸材《いつざい》になるんじゃないかな」

ウエイターも驚き、更にはカウンターの中から、マスターらしき老人まで姿を現した。

「シェフ・ド・ラン——か。確かに。これは持って生まれた才能だな。チワワみたいな顔して、ビックリだ」

それでも、マスターの一言が効いたのか、優がフッと微笑んだ。

ただ、それはこれまで見てきた微笑みとは何か違う。目つきも一瞬だが鋭くなり、鹿山はよくわからない展開に、カフェオレボウルを抱えたままふるふるし続ける。

しかし、何か聞き捨てならないことを言われた気がした。

「……え？　チワワ」

「いや、なんでもない。ただ、その味が覚えられる、そうとう細かいところまで違いがわかるって、かなり武器だから。とりあえず大事にしろ」

「はい……」

それでも面と向かって「持ち前の味覚は武器だ」と言われたら、全身から緊張が解けた。

まったくのど素人が無謀な挑戦をしている自覚はあるので、一日が終わる頃には、じわじわと嬉しさも込み上げてきた。

鹿山が夢中で過ごした一日は早かった。

「はー、疲れた。卒業制作以来かな？　こんなに頭も身体も疲れてるのって。クラブでの緊張もすごかったけど、それを遥かに超えてたな……。忘れないうちに復習しなきゃ」

一人暮らしの１ＬＤＫのアパートへ戻ると、早速リビングテーブルに腰を下ろして、バッグの中からノートを取り出した。

「えっと……。まずは、今日のコースの確認をしながら、習ったことを纏《まと》めてみよう」

改めて記憶を遡《さかのぼ》る。

優が組んだスケジュールの一日目の課題は、初めて飛び込む業種に関して、鹿山に接客場所による世界観の違いを肌で感じさせ、また覚えさせることだった。

そして、その違いにこそ金銭的な価値観差が発生し、またサービス内容の違いまでもが発生することを、彼は理屈込みで教えようとしたのだ。

そのため、スタート地点を老舗の喫茶店にし、まずは雰囲気や器による演出が、いったいどれほど人の心理や味覚に影響するのか、また同じ材料でも扱い方によってどれほど差が出るものなのかを体験させようとした。

ただ、ここで優は、「いい意味で裏切られた」と、鹿山に向かって微笑んだ。優が真っ先に教えたかった、また理解させたかった感覚や感性を、鹿山があらかじめ持っていたことがわかったからだ。

すでに持っている感覚、感性に知識を紐《ひも》付けして教えるのは、そう難しいことではない。だが、これが逆になると、説明も難しくなり、いろんなことをすべて数値化して説明することになる。

しかも、それで理解ができればいいが、できなかったら最悪だ。優としては、そうでなくても時間がないのだから、鹿山自身にほんの少しでも適性があることを望んでいたのだろう。

それだけに、鹿山の生まれ持った感覚、感性に関しては、研修項目の中でもかなり危惧していたことの一つだったらしい。

ここで安心できたことで前途が見え始めたのだろう。

その後も優は、鹿山と店を移動しながら研修を進めていった。

「――喫茶店の次はシティホテルのレストランで、ランチバイキング。そこで箸使いを確認されて、合格をもらった。あとは、サーバーとかこれまで気にしたこともなかったシルバー系の名前を教えてもらって。テーブルクロスの天地も、広げたときに残る折り目、それも一番端の山折りの跡を上座方向にすることだと教わった」

そう。優は、まずは鹿山に客の立場で、職場になりそうな場所へ同行させたのだ。

そして、そもそも配膳の仕事は、大きく分けて二種類あることを説明してくれた。

披露宴やパーティーのように、キッチンから宴会場へ料理を運ぶコミ・ド・ラン。もう一つは、レストランなどでシェフから客へ料理を運ぶシェフ・ド・ランだ。

ただ、これらはヨーロッパでの名称で、特にシェフ・ド・ランに関しては、限られた者にのみ与えられる称号だ。料理を運ぶ以外に、シェフと同じくらいの調理知識や素材知識を習得し、また客からの要望があれば、好みのドレッシングの調合程度は、目の前でプレゼンテーションして見せられる味覚と技術力も必要とされる。当然、ワインなどの銘柄も熟知している。

それだけに、場所によってはシェフやソムリエ以上の権限を持つのが、このシェフ・ド・ランだ。

さすがにこの称号を持つ者は、香山配膳内でも海外研修経験者しかいないため、極わずかだ。

ただ、そのうちの一人が実は高見沢。彼が堂々と社長や専務に意見を通していたのは、それだけの実力も肩書も持っていたからだったのだ。

「――しかも、ランチバイキングのあとには、また別の店でお茶をしながら、バイキング会場の復習だ。何をどうセッティングしたら、あんな感じになるって教えてもらって、ウォーマーとか専用道具の名前も再確認した。そして、最後は残業になるけど――って言われて、落ち着きのあるフレンチの店でハーフコースのディナー。研修なのに夢かと思うような贅沢《ぜいたく》だった。けど、席に着いたときから、セッティングの説明をされて。俺がマナー教室で習ったことと何が違うのかも、懇々《こんこん》と解説してくれた」

初日からすごい情報量の詰め込みだと、鹿山はノートを見ながら感心してしまった。

だが、それらは視界にあるものの解説であり、経験と関連したことだったから、想像したほど難しいという印象がなかった。

この点に鹿山は、自分でも一番驚いている。

「今夜は肉か魚一品でのハーフコースだけど、フルコースになるとメインが増えるだけでなく、ワインや口直しも増える。それによって、お客様へのプレゼンテーションも変わって、デザートもプチフールもいろいろ増えたり減ったりして……。なんか、料理を出して、お皿を片づけるだけの世界じゃないってことだけは、ものすごく理解できた。そして、明日の研修場所が横浜《よこはま》。昼は中華街のコースランチで北京《ペキン》ダックがどうとか言ってたっけ。そして夜は、フルコースだ。これが最後の晩餐《ばんさん》にならないようにしないとな――」

いずれにしても、今日は十時間にも満たない間に、大学受験かと思うほど脳を使い、ことあるごとにビクビクしながら神経も使った。

それなのに、帰宅後はお腹がいっぱいで、明日の予定を見た鹿山は自然と表情がほころんだ。

優が教官として放つ威厳や真剣さが、鹿山に経験のない緊張感を与えたのは確かだ。

しかし、それと同じぐらい美味しいものばかりを口に運んだためか、足して二で割ったら幸福感しか残らなかったのだ。

飴《あめ》と鞭《むち》とはよく言ったもので、鹿山は理屈抜きに、この研修が楽しくなっていた。

橘優という出会ったばかりの人間にも、とても大きな好感や興味が生まれていた。

＊＊＊

研修二日目は、先に知らされていたとおり、横浜のみなとみらいを中心に過ごす一日となった。やはり待ち合わせは朝の九時。優は鹿山を連れ、ランチタイムまでの三時間をホテルや式場周りの見学に費やした。

訪ねた施設は大小さまざま。上を向いたら目が眩《くら》むようなシャンデリアが下がった大宴会場から、海に近い小さな式場までを見て回った。

これらも一日目と目的は大差なく、施設が生み出す雰囲気を知るためだ。

また、利用者の層や、従業員の雰囲気も一緒に覚えておくといい――と言われて、鹿山は目にするものすべてに意識を向けた。

これまでなら素通りしていたであろう、特に気にしなかったであろうところが、サービスには重要なのだとわかった。

そして、お待ちかねの横浜中華街――。

二人前とはいえ、ランチコースはすべて一つの皿盛りで、これは優が最初から最後まで取り分けてくれた。披露宴などの中華コースは、運んだ大皿から小皿へ盛り分けることがメインとなるので、その手本として見せてくれたのだ。

「ただし、披露宴だと、食の太い細いがあって、お客様によっては自分たちでやるからいいよという場合がある。そういうときは、お客様を尊重して。一度任せたら、うまくいかなくて、やっぱりお願いなんてこともあるが。そしたらまた、快く受ければいいから」

「はい」

その間も、優は接客中に起こりうることを、話の中に盛り込んできた。

鹿山は美味しくランチをいただきつつも、取り分けられたメニューのバランスを見たり、また取り分け方そのものを見ながら覚えていった。

（ああ……。だから、予習が菜箸で大豆だったのか。洋食はサーバーがメインだけど、中華はそれに箸使いも加わる。取り分けてくれる人の箸使いが綺麗だと、それだけで盛られたものが美味しそうに見える。っていうか、優さんは箸使いだけでなく、手そのものが綺麗だから、余計にシユウマイ一つが美味しそうに感じるんだな——。でも、逆を考えたら怖いや。取り分けが下手だと、それだけで不味《まず》そうに見える場合もあるってことだもんな……。そしたら、手先のケアとかも大事なのかな？　そういえば、凌駕もホストになってからハンドクリームが常備になったって言ってたけど……）

すると、不思議なもので、これまで考えなかったことが思い浮かんだ。

凌駕のことにしても、言われたときには〝そうなんだ〟程度で聞き流していたことが、あれはプロ意識なのだ、自分を魅《み》せる仕事であり、常に見られる仕事だから、爪先のケアに至るまで余念がなかったのだろうことがわかってくる。

鹿山はふと、自分の手を見た。特にこれといって嫌悪感は湧かない。爪も習慣的に短く切り揃えているので、問題はないと思う。

ただ、これでいい、完璧だとは思えない。

(うーん。でも、優さんのスラッとした手に比べたら、俺のはこぢんまりしてるんだよな。さすがに作り替えられない部分はどうしようもないけど、湯上がりにクリームくらい塗ったほうがいいのかな？　香りのするものとかは塗らないほうがいいような気もするけど……)

考え出したら切りがなさそうだが、それだけ奥が深い世界だということは理解ができた。

(サービスか)

食事を運ぶだけ。空いた皿を下げるだけ。

だが、その行為の中には高見沢が頑《かたく》なに譲ることのなかった技術がある。知識がある。

繊細《せんさい》な気遣いや処世術、そして何より経験を積み重ねることで初めて自他共に認められる自尊心がある。

しかも、優の伝え方がいいのだろうが、これほどのことに気づくのに、まだ一日半しか経っていない。

「そろそろ、次へ行くぞ」

「はい。ご馳走様でした」

鹿山は、食事をしながらここまでいろんなことを考えたのは、生まれて初めてだと思った。

と同時に、自分があまりになんの知識も構えもなく香山配膳を訪ねたことを、今一度猛省した。

(香山だけじゃない。ニューパラダイスにしても同じことだ。もしかしたら、潰れた会社にしても同じで。俺の下調べや理解が、そもそも甘かったのかもしれない)

それでも優に連れられ、鹿山はその後もディナーの予約時間までホテルや式場を回った。

そして、その夜は――。

「いらっしゃいませ」

「今夜はよろしくお願いします」

なんと、高見沢が派遣されていた高級フレンチレストランで、フルコースを堪能《たんのう》した。

「……」

見てすぐわかるほど、普段着で来るような店ではなかった。

だが、個室が用意されており、着飾った常連客たちとは別の扱いになっていた。

それでも初めは、さぞ食べた気がしなくなるのだろうと構えた鹿山だったが、それはすぐに余計な危惧だったと思い知らされた。

高見沢は身内扱いせずに、最高の持てなしをしてくれた。

優と鹿山の立場や研修状況さえ察した上で、心からリラックスをして食事ができる状態を作り、また香山配膳内でもトップスリーと評価されているサービスをしてくれたからだった。

（これが研修だなんて、夢みたいだ。あんなに美味しくて、気分がよくて、しかも先生が絵に描いたような超イケメン。多分、優さんの存在感が一番現実離れしているんだろうけど……。俺、この一週間が終わったら、どうなっちゃうんだろう？　ちゃんと現実に戻れるのかな？　でもその現実って、どんな合否で迎えるんだろう）

とはいえ、夢のような食事付きの研修は最初の二日間のみだった。

三日目から五日目までは実技研修と銘打ち、鹿山は優の自宅へ招かれた。

（わ！　一人で３ＬＤＫ⁉　配膳事務所より広い！　リビングダイニングも広い！　家具がイタリアモダン系で滅茶苦茶お洒落《しゃれ》！　もしかして優さんってお金持ちの息子さんなの⁉　それとも香山配膳さんのお給料が高いのかな⁉）

場所こそ山手線から外れた私鉄線が最寄り駅だったが、特急が停まり、駅ビルがあり、そこから徒歩五分圏内にあるメゾネットタイプのマンションだ。

似たような条件の最寄り駅に住んでいるとはいえ、最低でも自転車で十五分はかかる二階建て築二十年の木造アパート住まいの鹿山とは大違いで、入った瞬間に固まった。

しかも、十人がけのダイニングテーブルには、研修用器材なのか、ホテルで使うような銀製の食器やスープ皿などがずらりと並んでいる。

シャンパンクーラーには買ってきたままのシャンパンが入っており、トレーのような大きなプレート上には、食品サンプルの肉や付け合わせが十人前ほど載っている。

かなり本格的な実践練習になりそうだ。

だが、優が一番初めに「これを持って、スタンバイしてみて」と鹿山に渡したのは、スープボウルだった。それも半円形の銀製の器で、まさにボウル。しかも、お盆のような銀製の受け皿にセットして持つのだが、中にはスープに見立てたぬるま湯がすでに入れてある。

そこへ、取り分け用のサービスレードルまで入った状態なので、鹿山は左手に持った瞬間に、「重っ」と口走ってしまった。

(五キロのお米と同じぐらいかな？　いや、もう少しある？　見た目が重いだけじゃなく、実際も重い。しかも……、なんか、これ、ヤバくない？)

しかし、問題は重さのほうではなかった。練習開始と同時に鹿山はこれを左手一本で持ち、そのまましばらく立たされたのだが、このスープボウルが揺れるのだ。

それも中身が入っている分、一度揺らしてしまうと、受け皿の上でじわじわと揺れが大きくなってしまう。

「本当は事務所の一室を借りてもいいんだが、向こうにはない道具の移動が大変だからさ。まあ、その分、ここでならいくら失敗しても人目はないから。変に緊張しなくていいだろう。俺も覚悟して提供してるからさ」

「……は、はい。それで、優さん。俺はいったい、いつまでこの姿勢でいればいいんですか？」

いくら、失敗してもかまわないと言われても、中身を返してからではやはり遅い。鹿山は先に確認をした。

すでに客側での体験はしたので、これを持ってスープ皿に注いで回ることが、サービスであり、プレゼンテーションの一つだということはわかる。

だが、これまでに見せてもらったお店では、少なくとも洋食系では楕円形のボウルに入っており、しかも底が持ちやすいものだった。きちんと自立できる形になっていた。こんな不安定な半球体ではない。

「嫌でもこれから動かしてやるから、ちょっと待ってろ。ちなみに、世の中にはそういう洒落にならない重さや形のスープボウルでサービスをさせるホテルが実際にあるんだ。今持たせているのが、俺たちの中でもっとも悪評高いタイプのやつだから、これで練習しておけば、他のボウルは重いぐらいで簡単だなと感謝できるようになる」

これが最悪な事態を想定した研修だということは、鹿山もすぐに理解した。

自分に向けてではないが、優の口調がとても恨みがましい。

思い出しても腹が立つ！　と、その語尾から、力いっぱい発せられている。

「……わかりました。いきなりサーカスみたいだなと思いましたけど、実際にあるんですね」

鹿山は左手をふるふるさせながらも、ボウルの揺れを抑えようと神経を集中させた。

ちょっとした罰ゲームにも似ている。

「あるある。もう裏で、ここの奴ら馬鹿じゃないのかと、本気で愚痴ったぐらいだ。しかも、レストランならまだしも、披露宴で使いやがったんだ。わかるか？　披露宴の持ち運びになると、この部屋を軽く十周するぐらいの最低距離の移動に加えて、十人前後の取り分けをするんだ。その、底まで円形のスープボウルでだ」

それでも、これは研修だ。優のように、行ってみたらいきなりこれでした、ぶっつけ本番です！ということではないので、やはりまだマシなのだろう。

なんせ、この状態で歩いて、客が並ぶ円卓を回って一人一人にスープを注ぐ。

一歩間違えたら、ボウルが返って、客か円卓に中身がドバッ!!　だ。

想像しただけで、冷や汗が出る。

「しかも、受け皿があっても大してストッパーにもならない上に、かえって滑る。しかも、熱伝導が特化してるから、運び手は熱いわ、ゴロンといきそうで腹が立つわ、更に紅白の鶴亀なんか入れられてみろ。まずは、お前らが配ってみせろと、キッチンに殴り込みたくなるぞ。まあ、そこまでひどければ、こっちも勝手な判断で、間にトーションを突っ込ませてもらって、乗り切るんだけどな」

優は鹿山のスープボウルをいったんどかして、ダイニングテーブルへ置いた。

そして、受け皿に四つ折りにしたトーション（接客用に使うクロス）を置いてから、再びボウルを載せ直した。

「――あ。本当だ。滑り止めになりました」

ごく当たり前のことなのだろうが、鹿山にはこれも新発見に思えた。

「こんな器で粗相《そそう》しても大変だが、それ以上に来賓に怪我《けが》をさせたら取り返しがつかない。だから、誰がどう見てもこれは無茶ぶりだ、危険を伴うサービスだと思ったら、その場で安全策を立てるのも必要だ。毅然《きぜん》とした態度で、キッチンに物申すのもな」

「……はい」

優がわざわざ苦行のような真似をさせたのも、この優先順位を鹿山に教えるためだろう。

「このままテーブルを回って、スープを注いでみて」と言われて、鹿山はダイニングテーブルに置かれていた十枚のスープ皿に、ぬるま湯を注いでいった。

「コンソメ系とポタージュ系は、レードルの扱いにも工夫が必要になるけど、一回目にしたら上出来かな。ただ、お客様が並ぶと難しくなるから。あと、必ずしもキッチンが配分を間違えないって保証はないから、目分量でも残量がわかるように意識しておいて」

「――はい」

確かに、唯一着席した優とその左右に注ぐところで、空の席とはまったく違うことは体感できた。それより何より、中身を均等に分け、不足を出さないという意識がなければ、最後まできっちり注げないというのも、実感できた。

なぜなら、鹿山のレードル一杯分は同量ではなかった。多かったり少なかったりしているのが、並んだスープ皿を見比べるとよくわかる。

鹿山は再びボウルを置いて、メモを取った。

「それで、鶴亀ってなんですか？」

せっかくなので、気になったことは聞いていく。

「祝いごと用に入ってくるスープの紅白飾り具材、縁起物だ。鶴亀だけでなく、バラとかいろいろタイプはあるが、基本人参や大根で象《かたど》ったものが対《つい》でワンセット。だったら、別盛りでよこせばいいのに、スープボウルに突っ込んでよこすところがあるから、そういうときには、必ず中身の確認をしてからサービスに入らないと、あとで一匹足りないってことになる」

早速言われたことを追記しながら、想像してみた。

おそらく、お雑煮に浮いている紅白の小さいはんぺんか、手麩鞠のような存在だ。それを飾り包丁でおめでたい姿にしているのだろう。が、それらを思い描くままノートに書いて「行方不明になりそう……」と最後に書き添えてから、ノートを置いてボウルを持ち直した。

十人分のコンソメスープでも、紅白の麩なら浮くだろう。

だが、人参や大根の細工では、沈むかもしれない。それを一対ずつ探しながら取り分けていくのかと思うと、これは地味に大変だと想像できたからだ。

〝あ！　一匹しかいない!!　今度は鶴鶴だ。亀はどこだよ、亀！〟

レードルでスープ内の鶴亀を必死に探す自分の姿が目に浮かぶ。

「……ってことは、この片手作業の中で、紅白セットの鶴亀を一緒に掬《すく》わないといけないんですね。それは確かに一匹足りないってなったら、焦りますよね。間違えて亀二匹入れちゃった――とかでも」

「笑い話のようで、実際は笑えないからな。仮に子供に、もう一匹欲しいと強請《ねだ》られても、そこはちょっとだけ待ってだ。全部配り終えるまでは、笑顔でひたすら待ってと突っ切るのみだ。まあ、大概は母親が自分の分をと言い出すが、中には〝いいじゃないそれぐらい〟と言い出すパターンもあるからな」

しかも、大変なのは行方不明になりそうな鶴亀だけではないらしい。優の口調がぶっきらぼうになる。

そろそろ彼の癖もわかってきた。優は、自分がやられて嫌だった経験談に関しては、思い出し笑いならぬ、怒りになる。

立場的に我慢して笑うしかないのだろうが、だからこそ記憶に残るのだろう。

これこそ接客ではよくあることだ。

「……えっと。要は、サービスに協力的なお客様ばかりではないってことですね」

「まあな。中には飲みすぎて、酔った挙げ句にぶっ倒れて、そのまま昇天した親族もいたからな。あれは、新郎新婦にとっては一番の悲劇だ。新婚旅行を取りやめて、通夜《つや》に葬式に初七日だから」

それでも、さすがにこれは――と思う。

「シュッ……、シュールですね」

他に言葉が見つからない。もしもその場に自分がいたら、しかも自分が担当していた客だったらと想像しただけで、胃が痛くなる。

「しかも、これがオープン一ヶ月内に二度も起こった式場があってだな、それも同じ部屋でだ。いまだに業界内では〝魔の部屋〟と呼ばれる伝説だ。その部屋の担当社員がメンタルをやられて、大変だったらしい」

「俺も……、仕事中に飛び込み自殺を三回されて、さすがに退職された電車の運転手さんの話を聞いたことがありますけど……。完全に巻き込まれですよね」

それでも会話を維持しようと、聞いた話をしてみたが、ますます話が悲劇的になるだけだった。

「いや、さすがに三回は――、晃！」

「あ！」

しかも、メモを取る以外、真面目にスープボウルを持っていたことが仇《あだ》になった。

中身はすでに半分以下だが、腕には負担がかかり続けていた。

そこへ、会話で意識が逸れてしまったことから、トーションの滑り止めさえ効かないほど大きくボウルを揺らしてしまったのだ。

咄嗟《とっさ》に優がボウルを押さえてくれたので、粗相には繋がらなかったが、危うく落とすところだった。

「す、すみません！」

「いや、俺もうっかりしていた。腕、張ってるか？」

「俺は大丈夫です。気が逸れてしまって……。ごめんなさい」

中身はもともとぬるま湯だし、すでに冷めていた。

ボウルを両手で押さえたところで、熱くはない。

しかし、これが本番だったら、スープが本物だったら、ボウルはそれなりの温度になっている。

ましてやこれは熱伝導がいいと、先ほど優も言っていた。これだけでも、優が「客への事故を未然に防ぐことが最優先だ」と言った意味が、いやというほどわかる。

「それより手は？　優さんの手は大丈夫ですか？」

「ああ。俺は別に」

鹿山は、ボウルをテーブルに置いて、空になった両手で優の手を確かめた。

「よかった」

慌てて引っ込めようとした優の両手を摑んで確認し、なんでもないことを知ると、安堵《あんど》するより先に、「これからはないように気をつけます」と謝罪した。

「晃……」

さすがに優も否定しなかった。「そうだな」と笑って、謝罪を受け入れた。

「何かあって大変な思いをするのは、周りもそうだが、自分もだ。この程度は、本来ならしなくていい失敗、また未然に防げる失敗だから。そのためにも、もう少し腕力をつけてもらったほうがよさそうだな」

「はい」

初日、二日目に見たコース料理のサービスでは、二人前だったので重さはそれほどない。むしろそこはサービスそのものや、プレゼンテーションを見て覚えるためのもので、これが披露宴やパーティーとなったときの十人前は想定していない。

量と重さが増したときに必要となる技術は、それを体感しながらでしか身につかない。

優は、そのことを鹿山に覚えさせるために、実際使われるプレートや同重量のサンプルを用意したのだろう。

「――あ。ちなみに料理持った姿勢のまま待機で、俺は主賓の挨拶《あいさつ》を三十分聞いたことがある。だが、もっとひどい奴は、来賓に乾杯用のグラスを持たせた姿勢から、いきなり予定外の祝辞をぶち込んで長々話し、全員の利き腕を筋肉痛にしただけでなく、鬼の形相にしたらしいからな。世の中は侮《あなど》らないほうがいい。こっちが決死の覚悟で止めに入らなければ、一時間でも演説する奴がいる。そして、この手の事故を防ぐためにも、司会者だけはプロにしろと思う。祝辞を頼まれるような中高年が暴走すると、新郎新婦の友人知人のレベルじゃ止められなくなるからな」

「……。はい」

もっとも、何をどうしたところで、ハプニングは起こる。

そして、そのことを証明するように、鹿山は総重量五キロから七キロはあるだろうメインディッシュのプレートを片手にキープしたまま、優からこれまで見聞きしてきた不幸な披露宴話をいくつも聞かされた。

(これも研修……なんだよな?)

若干愚痴に付き合わされている気はしたが、それでも実体験をもとにした愚痴なので、鹿山は腕をふるふるさせながらも、この苦行に耐えた。

いつしか優の話す声が、口調が、内容に反して鹿山にはとても心地良く聞こえるようになっていたから——。

3

その後も鹿山に対して、優のスパルタ研修は続いた。

シルバーの扱い方からグラスの磨《みが》き方。

テーブルクロスだけでなく、飾り皿の天地や、上座下座のうんちく。

シャンパンコルクの抜き方から、ワインの注ぎ方まで含めて、一通りの研修が行われる。

そして、五日目に至っては、「ときには十二時間労働もあるから」と、八時九時での早出に残業の強化日となった。一週間という研修期間があるにもかかわらず、優が鹿山に五日で最低限の基本を叩き込もうとしたからだ。

ただ、その理由は六日目の土曜、しかも夜にあった。

鹿山は研修場所として、優から個人経営のフレンチレストランを設定された。

聞けば、響一と響也の父親がオーナーシェフを務め、社長の姉でもある母親がフロアを切り盛りするレストランだという。

「今夜は研修経過の確認を含めた実践《じっせん》テストだ。これで社長からOKが出たら、明日は俺の予定現場に同行させる。そこまでクリアできれば、まあ合格かな。あとは晃次第だ」

「ということは、今夜が最終テストですね」

「いや。今夜はレストランだし、宴会場でのサービスとは別物だ。ただ、基本中の基本プレゼンテーションは、こうした形で成果を確かめないと、現場には連れて行けないから」

「香山の人間としては……、ですか？」

「そういうことだ。もっとも、今日明日で運よく合格がもらえたところで、自分がどこまで成長したら、誰もが認める香山レベルなのかは、現場に入らなければわからない。これればかりは他人が評価することだからな」

「――はい」

優が香山たちに頼み込んだのか、それとも香山たちからの申し出なのか、鹿山本人にはわからなかった。

ただ、土曜の夜に店を貸し切りにした状態でテストを行うという事実が、どれほど店の利益に影響するのか――ということぐらいは、想像がつく。

フレンチレストランとはいえ、店の装飾を見る限り、家族連れの客も多そうだ。

しかも、テストに参加するお客役は、本来土曜の夜は仕事なのではないか？

稼ぎ時なんじゃゃ⁉　とも思うようなメンバーばかりだった。

（うわ……。社長に専務に高見沢さん。響一くんに響也くんに、年の離れた三男くんまでいたんだ。響平《きょうへい》くん四歳か――。可愛いな。でも、テーブルでは一番注意と言われた、ちびっ子ちゃんだよな。それに、お母さんはわざわざテストのために着物を着てくれたのかな？　新婦友人の振り袖や親族席の着物も、ちびっ子ちゃん同様注意がいるから――。それにしても、圏崎《けんざき》さんとアルフレッドさんって、事務所の人なの？　年は優さんより少し上そうだけど、俺の美的感覚が麻《ま》痺《ひ》するぐらい、二人ともハンサムだ。やっぱり配膳とは名ばかりの、モデル事務所なんじゃないの？　俺、やっぱり騙されてない？）

店内で一番大きい円卓には、すでにテーブルセットがされていた。

ここでいう上座に着いているのは、圏崎とアルフレッドだった。

下座には香山と中津川。そして、中座には響也と高見沢。その反対側に響一と響平と母親が着席している。

だが、今夜は上座からの時計回りでいいと指示をされているので、鹿山がサービスをする順番としては、圏崎、アルフレッド。響也、高見沢、香山、中津川。そして、響平、母親、響一となるのだが、注意すべきはやはり母子だろう。

特に幼児用の椅子は作りが違うし、高さもある。

子供にちょっと手を伸ばされたら、持っている皿やトレンチに触れられる距離だ。

悪気はなくとも、粗相の仕かけ人筆頭だ。

（あ、でも――。ここに外国人さんがきたってことは、語学力を試すためのゲストってこともあるのかな？　英語とドイツ語、どうしよう。一応、レストランでの専門用語ぐらいは覚えたけど、それだけだしな）

そうは思っても、やはり新顔の二人も気にかかる。

鹿山はメモを片手に、緊張してガチガチだ。

「じゃあ、打ち合わせしたとおりにやってみて。シェフが用意するフルコースを、すべて一人で出し下げする。子供もいるが、量を変えて一人前で出るからそのつもりで」

「はい」

「あと、今夜が初見の同席者は、社長の大切なお客様だから」

「――はい」

優はさらっと言ってくれたが、鹿山としてはトドメを刺された気分だった。

(大切なお客様をどうしてこんな危ういテストに同席させるんだよ!)

実は圏崎は、一代で大成した若き米国のホテル王だし、アルフレッドに至ってはアメリカンドリームの象徴のような家柄の不動産王にして、高見沢と同じシェフ・ド・ランだ。

この肩書を口にしなかっただけでも、優としては親切のつもりだ。

「晃くん。まずは、シャンパンからお出しして」

「はい」

それでもシェフから声がかかれば、鹿山は腹を括るしかない。

用意されていたシャンパンを手にして、香山たちのもとへ向かう。

「抜栓は覚えたの?」

「せっかくだから、音出しでポンといってよ」

「はい。かしこまりました」

響一と響也は、今夜も鹿山にとっては心強い味方のようだ。笑顔で声をかけて、鹿山が最初に音出し、音なしのところから悩まないよう、リクエストをしてくれる。

――ポン！　と、心地よい抜栓の音が響いて、高見沢や香山たちまで「おお！　できるようになってるじゃん」「注ぎ方も悪くないね」と感心して手まで叩いた。優やシェフからすれば、緊張している鹿山よりも、完全に保護者目線になっている香山たちのほうが見ものだ。

「響平くんはジュースでいいのかな？」

「うん！」

鹿山は、シャンパンと響平用のジュースを出し終えて、まずはホッとする。

「前菜、上がったよ」

「はい！」

だが、テストはまだスタートしたばかりだ。

鹿山は皿盛りされた前菜、三人分ずつを手にして、カウンターとテーブルを三往復する。

本来、このレストランで一卓九名を完全に一人で接客するということはないに等しい。

店内には複数のフロア係が存在する上、同テーブルに料理を出すのに、極力タイムラグを出さないことは、基本中の基本だ。

しかし、今夜はレストランのフルコースの研修に加えて、披露宴サービスの実践研修も兼ねている。そうなると、基本として一人で一卓十人前後を担当するのは普通のことだ。

しかも、いざ現場へ出向いて、当日配膳スタッフの欠席者が複数出れば、二人で三卓、三人で四卓などを受け持つ事態にも対応しなければならない。

すると、最低でも一人で十三、四人は受け持ち、尚且つきちんとこなせる技量があることが、香山では暗黙の了解となる。

――急病は仕方がないが、無責任なドタキャンなんか許してるんじゃねぇよ！

優や高見沢あたりは、心で思うだけでなく口にもするが、当日の急病や無断欠勤の穴埋めができない配膳会社は少なくない。香山配膳がプロ中のプロだと評価される理由の一つに、入れた予定の穴はあけないというものがある。これはこの業界の大前提だ。

「スープいって」

タイミングを見ながら、シェフがメニューを用意する。

「はい」

鹿山は食べ終えた前菜の皿を一巡で回収。すぐにウォーマーから取り出した温かいスープ皿を並べて、一番緊張しているスープのプレゼンテーションに入る。

しかも、今夜のには鶴亀はいないが、優のリクエストで直径十五ミリの紅白のバラ細工が投入されている。

案の定、鹿山が一度中を確認するも、それらがコンソメスープの上に浮いていることはなく、スープボウルの底に沈んでいた。レードルで探しながら、セットで捕まえて注がなければならない状態だ。

（駄目だ。これ、危険ゾーンでもたもたしたら怖いよ。そうでなくても、人と人の間に割り込んで注ぐのが初めてなんだから、興味本位で覗《のぞ》き込まれたりしたら――、絶対に無理！）

一瞬、優のほうを見るが、彼の目は「自分で判断しろ」としか言わない。

仕方ないので、鹿山は思い切ってテーブルへ声をかけた。

「失礼致します。スープが非常に熱くなっておりますので、お子様の分だけこちらで取り分けてお持ちしてもよろしいですか？」

「別にかまわないわよ」

「ありがとうございます」

母親の快諾を得たので、鹿山は響平の皿だけ「ごめんね。少しだけ待っててね」と、いったん下げた。

そして、紅白のバラにドキドキしつつも、まずは大人の分だけ注いで回る。

また、あとに回すことになってしまう響平には、「もう少しだけ待っててね。すぐに持ってくるからね」と再び声をかけて、納得してもらった。

「スープ！　スープ！」

「はい。お待たせしました。お母さんやお兄ちゃんにふーふーしてもらってから飲んでね」

「はーい！」

大丈夫だとは思うが、念には念を押した。これは鹿山自身が猫舌だからだ。

「お兄ちゃん。可愛いねーっ」

「ありがとう。響平くんも可愛いね」

「えっへへっ」

気に入られたのか、響平はその後も機嫌よく、鹿山が傍に来るたびに「可愛い」「可愛い」とはしゃいでいた。

四歳児に「可愛い」と言われる成人男子もどうなのかと思ったが、今はそんな些細《ささい》なことは気にしていられない。

一番注意すべき子供の機嫌がよく、尚且つ席に座って大人しく食べていてさえくれれば、「可愛い」でも「ブス」でも好きなように言ってくれてかまわないのが、今の鹿山の本心だ。

優の愚痴ランキングでも、元気すぎる子供はベストスリーにランクインだった。

ここでの優先順位は、絶対に不動だ。

「やっぱり晃さんが放つ可愛いオーラは、四歳児でもわかるんだね」

「響也、失礼だよ」

「どうして？　俺もどちらかと言ったら柴系の子犬扱いされるけど、晃さんは成犬になっても大差がないチワワ系だと思うんだよね。話し方とか声とかフワフワしてて柔らかくて、やっぱり他にたとえようがないと思うけど。な、響平」

「うん！　晃ちゃん、可愛いよー。響ちゃん、好っきーっ」

そうして、鹿山にとって最大の難関だったスープが終わると、パン、白ワイン、魚料理のサービスへ続く。

魚料理はすでに皿盛りされているので、出して下げるだけに集中できる。

そして、その後は口直しのソルベを出し、パンや空になっているグラスの補充。

ここからがコース後半のスタートとも言える。

披露宴だと、ちょうどキャンドルサービスが入るあたりだと、優からは教わった。

（あとは、メインの肉料理のプレゼンテーションとサラダを配って、パンの補充をもう一度質問。食べ終わったら、デザートにコーヒーで終了だ。あ、プチフールもあるんだっけ？　響平くんの分は、一応デミタスにホットミルクで――。それにしても、シェフの気遣いなんだろうけど、出される料理のすべてが極小盛りなのに一人前で、超可愛いな。おままごとみたいだけど、俺が四歳だったらお子様ランチより確実に大はしゃぎだよ）

重量や大きさをいうなら、専用のトレイに載った九人前のフィレステーキに付け合わせの温野菜三種と容器入りのステーキソースは、かなりのものだ。

これを左手一本で持ち、右手のサーバーで各自の皿に盛り付け、同時にソースまで一人でかけて仕上げるには、慣れも必要とする。

だが、それでも鹿山はすべての食材が見えるだけで、こちらのほうが楽だと思えた。

スープ内に沈んだ紅白のバラが、実は本当に人数分入っているのか否か、途中で確かめたかどうかがわからなくなったときのプチパニックを思えば、ボウルの底をかき回さなくても目視で確認できるだけで安心感が違ったからだ。

（とにかく最後まで粗相をしないようにしなきゃ！）

そうして、ドキドキハラハラしながらの実践テスト食事会は終了した。

全員が綺麗に完食したのを見届けると、鹿山は膝から頽《くずお》れそうになる。

「ご馳走様でした」

「美味しかった！」

「響平もいっぱい食べたね。偉い偉い」

「晃ちゃん、見て見て！」

「え？　晃さんなの。本当に大好きになっちゃったんだね」

「うん！」

テーブルでは香山兄弟がほのぼのしているが、鹿山のほうはそれどころではない。

半ば魂が抜けたような顔つきになっている。

（そ、粗相はないと思うんだけど――。俺が気づいてなかっただけで、社長さんのバラが白白だったり、専務さんのバラが紅紅だったらどうしよう。響一くんたちだと、もしかしたら見て見ぬふりをしてくれたとかもありそうだしな）

そうとは気づかないうちに、スープがトラウマになっている可能性も否めない。

それでも、審査員を務めた香山たちはご機嫌だ。優が改めてテーブルの傍へ行き、会釈をすると、香山がナプキンをたたみながらニコリと笑った。

「優。晃くん。お疲れ様でした」

「どうでしょうか？」

「う～ん。正直な感想を言うなら、驚いたかな。優のことだから、今夜のお試しを申し出てきた段階で、それなりの体裁《ていさい》は整えたんだろうと想像していたけど……。とてもいい仕上がりだよ。これが初めてのサービスとは思えない。なあ、啓《けい》」

仕事というよりは、すでにプライベート気分なのか、香山は中津川を名前で呼んで話を振る。

「響平くんのスープの別出しは、優の指示？」

「いいえ。今夜はすべて本人に判断させました」

「そう。今日のテーブル状況からするなら、正解だね。伺いの入れ方もさりげないし、印象もよかった。着物客への対応もそつがないし。かなりいいんじゃない」

中津川も香山に同意し、あえて高見沢に「ねえ」と話を振る。

「――うん。手先も器用だし、目もいいのかな？　皿の中の肉とガロニの配置、ソースがけのバランスがよくて、しかも量ったみたいに全員分が同じ印象の仕上がりになっていた。こういうのは天性なのか？　経験があるならわかるけど、数日で身につくものだったっけ？」

数日前に接客する側で鹿山の研修を手伝った高見沢は、中でも一番驚いていた。

なんせ鹿山がフルコースを食べたのも、先日が初めてだ。

中三日で、よほどの練習とシミュレーションをしたのだろうが、それだけで身につくことと、そうでないものがあることは、ここにいる者たちは経験上熟知している。

優が最初求めた〝感覚と感性〟は、やはりこの仕事では軸になる部分ということだ。

「設計の勉強をしていた効果なのか、もともとなのか。彼は目分量が正確なんです。テーブルセットにしても、パッと見て人数分の配置が均等にできるし、盛り付けなんかも一度例を見せたら、ほぼそれに近い形に作れて……。実は俺も驚いたんです。間違いなく、俺の習い始めよりも、彼のほうが飲み込みはいいと思います」

鹿山の面倒を見た優自身も、高見沢に同意していた。

今振り返ってみても鹿山はとても覚えがよかった。

現場に行けば、教えたことに「はい」「はい」と言いながらも、右から左で忘れていく社員やアルバイトが一人や二人はいるものだ。

だが、鹿山の「はい」には、きちんと「理解しました」「覚えました」が伴っていたのだ。

当たり前と言えば当たり前のことなのだが、そうではない者もいるので、優の感心はじわじわと肥大化していったのかもしれない。

鹿山のふるふるヒヨヒヨした見た目や存在感。そこへ小心丸出しの言動が合わさるものだから、言い方は悪いが仕事ができるようには思えなかった。

そして、それが一番〝香山配膳の人間としては無理なんじゃないか⁉〟と感じさせる理由になっていただけに、人は見かけによらないことを痛感させられた。

無理は無理でも、やれるだけやったあとの無理のほうが、誰もが諦めがつくだろう——などと思って引き受けた指南役だっただけに、今では心底から反省中だ。

「要は、持って生まれた感覚のよさに、素直な性格が相乗効果を発揮《はっき》したんだろうね。初めてのフルコースサービスでこれなら、上出来だよ。それに、常にテーブル全体に気を配っていたし、接客そのものが丁寧だ。彼の人柄なんだろうけど、接しているだけで気分がよくなる。響平くんの反応が一番正直ってことなんじゃないかな?」

同席した圏崎も、これがサービスデビューなら文句なしだと太鼓判を捺《お》した。

「――強いて言うなら、スピードかな。実際の披露宴ではタイムリミットがある。今日と同じことを決められた時間内に。かつ、持ち運びの移動距離が長くなることを考えると、もう少し速く、スムーズにできるといい。五百人超えの招待客を招くようなパーティーでも、ホテルの作りによっては、部屋の端から端まで運ばされる場合もあるからね」

少しばかり辛口なコメントを発したのはアルフレッドだったが、それでも日頃の容赦ない発言を知る者たちからしたら、誉め殺しに近い。

「あとは経験ってところじゃない？　少なくとも、基本的に必要なことはできていたと思うわよ。ただ、要求されるサービス内容は派遣先や依頼内容にもよるから、こればかりは数をこなすしかないわ。応用力や機転を働かせるにしたって、想像力だけでは補えない。何より、周りからの見られ方っていうの？　これはもう、本当に現場に入らなかったら実感のしようもない」

最後は香山の姉であり、実のところこの場で一番の配膳経験者であり、初代が興《おこ》した香山配膳を業界トップのサービスレベルだと言わしめるまでの基礎を作った響平の母、響子《きょうこ》が微笑み、鹿山の実践テストに合格を出した。

これには協力したシェフもにっこりだ。お疲れ様、よく頑張ったね――という意味もあるのだろうが、ウォーマーの中から別盛りしていた料理を取りだすと、「晃くん」と声をかける。

カウンターには、二人分の豪華な夕飯が並び始めた。

「――そう思って。最後の研修を明日、俺の現場へ同行させるように予定を組みました。もちろん、これは社長たちの承諾が必要ですが」

だが、優が組んだ研修のスケジュールは、まだ一日残っていた。

「啓。優の明日って、どこだっけ？」

「ホテル・マンデリン東京で披露宴が二発。ちなみに高見沢も一緒のはずだ」

「さすがは優さん。用意周到な最終試験場だ」

「だね、兄貴。こうなったら、高さんもしっかりフォローしてあげてよね」

「おう！」

今夜のテストはあくまでも事務所側に対しての確認であって、明日の最終テストは鹿山本人への確認だ。

実際の仕事を体験した上で、今後もやっていけるのかどうか。

それ以前に、やりたいと思えるのかどうか。

こればかりは、他人にはわからない。鹿山本人でなければ、判断がつかないからである。

「――ってことで、優。俺たちはＯＫ」

「宴会部長や課長には、こちらからも頼んでおくから、うまく鹿山くんを職場に馴染ませてあげて」

「ありがとうございます」

優と香山たちの話が一段落したところで、シェフが「優くんも食べて」と声をかけた。

鹿山は出された食事を優と共にいただくが、緊張が解けていないのか、いつものように堪能することができなかった。

（どうしよう。俺のスープのバラが白白で、優さんのが紅紅だ。これってシェフが取り分けてくれていたものだから、もしかしたらこれが正解だったのかな？　それとも、まかないバージョンだから、気にしてない系なのかな？　怖くて確認できないよ……）

やはり、トラウマになっているのかもしれないが。

＊＊＊

人生、何が起こるかわからない――。

そんなことを思いながらスタートした鹿山の研修も、最後の一日となった。

（ホテル・マンデリン東京。銀座に本店をかまえ、世界の主要都市にも支店を持つ、国内でも屈指のラグジュアリーホテルだ。入ったこともないのに、いきなり裏口から入るなんて。すごく不思議な気分だ）

日曜日――午前九時。

何もかもが初めてづくしの本日だけは、最寄り駅で優と高見沢が待ち合わせをしてくれた。

一緒にホテルの裏から入り、派遣用の受付をしたり、制服を借りたりといったノウハウも教えてくれる。仕事自体は十時からなので、大分余裕を見ている。

「おはようございます。高見沢さん」

「おはようございます。優さん。本日もよろしくお願いします」

社員なのか、他社からの派遣員なのか、優たちの顔見知りが率先して声をかけてきた。

年の頃は二十代から三十代の男性が多い。中には女性もいるが、比率的には五対一ぐらいだ。

「お、おはようございます！」

「おはようございます」

当然同行している鹿山にも声はかかるが、当の本人はそのたびにぎこちない笑顔で会釈をすることしかできなかった。緊張を紛らわすどころか、完全に高めてしまっている。

「高見沢さん。優さんの後ろにいる超控えめそうな方って、当ホテルは初めてですよね？」

だが、この鹿山の恐縮ぶりが、かえって人の目についた。

優の後ろについて回っていたこともあり、質問先が自然と高見沢に向かう。

「ああ。鹿山晃っていうんだ。うちの期待のニューフェイス」

「香山!?　社長のお身内ですか？」

「いや、鹿の山で鹿山だ。紛らわしいが血族じゃない」

ネームプレートをつけたら、一字違いの字面はもっと誤解を招くだろう。

これに関しては、高見沢も苦笑いするしかない。

響也が「晃さん」と呼び名を先に決めたのは、大正解だ。

「期待のニューフェイス――ってことは、もしかして彼が次世代のＴＦトップ候補とかってことですか？　花嫁より美しい配膳人!?」

話に参加してきた者たちが興味津々《しんしん》の顔をした。

ここで言う〝次世代のＴＦ〟は、香山配膳の中でも十本指に入ると評価される実力者たちのことで、その呼び名は響子とその取り巻きたちが発端《ほったん》となっている。

また、当時の響子が〝着飾った花嫁よりも美しい〟と評判だったことから、いつしか香山配膳のトップは絶対的な容姿端麗の実力者となり、その二代目を引き継いだのが社長の香山だ。

飛んで、五代目トップを響一が引き継ぎ、今は小鳥遊《たかなし》という者が六代目トップと呼ばれているが、響子以外はすべて美青年と言われる男性だ。

それを前提にした話の中で、鹿山は七代目候補なのかと誤解された。

これには高見沢も目が点になった。

――そうか。周りから見たら、チワワでもそう見えるのか。

こう言ってはなんだが、目から鱗《うろこ》だった。

初代から今現在に至るまで、トップに鹿山のようなタイプはいなかった。

そもそも何も知らずに入ってきた者など論外というのが念頭にあったために、これに関しては、高見沢どころか事務所の誰一人考えたこともなかっただろう。

だが、部外者からすると、そうは思わないらしい。

「でも、威圧感ゼロで、滅茶苦茶大人しそうだぞ。なんか、借りてきたヒヨコかチワワかって印象で……」

鹿山は、誰の目から見ても、その印象にぶれがなかった。当然本人にも表裏がない。

「うん。花嫁より美しいっていうよりは、愛らしいって感じだな。こう言ったら失礼だけど、香山的なオーラとはちょっと違う。なんか、全体的に春めいてる」

これを野生の勘というのか、本能的に〝こいつは違う〟と察する者もいるにはいた。

それでも香山配膳という絶対的なブランド力が、ある種の特別感を覚えさせるようだ。

「あ！　黒服を着たら人が変わるとかってタイプなのか。それこそ一声で二、三十人をささっと動かすみたいな」

しかも、変な夢まで与えるらしい。

だが、これは仕方がない。香山も響一たちも、仕事に入ると人が変わる。

本人たちにそのつもりはないが、周りにはわかる。完全無欠のカリスマ性を発揮するのだ。

これを、トップの誰一人として裏切ることがないのだから、七代目候補がいるなら彼もまたそうなのだろう——と、勝手に想像しても不思議はない。

実情を知るだけに、高見沢の失笑を誘うだけだったが——。

「そんなことになったら、むしろ大当たりなんだろうけどな。社長たちの賭けは」

それでも鹿山が門前払いをされなかった時点で、何かしらの魅力はあるのだろう。

宗方からの紹介という前提はあるが、心底から無理だと思えば、香山は「無理だ」と言える男だ。そんな彼が〝捨てきれなかった何か〟が鹿山にはあるのだろうから、ここで騒ぐ彼らの感覚も馬鹿にはできない。

しかも、昨日の時点で、これは大化けするかもしれないという希望が生まれたのは確かだ。

そう考えると、なんだか高見沢も浮かれてきた。

「賭け？」

「こっちの話だよ。それより、晃はうちの人間にしては冗談抜きで大人しくて、控えめだ。それもあって、今日は全面的に優が面倒を見ることになっているから、質問攻めにしたりするなよ。怖がって黙るし、震えるからな」

「はーい。わかりました」

一応、彼なりに鹿山のフォローはしてみせた。

一方、優について歩く鹿山は、先に更衣室へ入っていた。

（身だしなみか――）

鹿山は優に言われて黒の革靴、白いワイシャツと黒のズボン、蝶《ちょう》ネクタイだけを自前で持ってきた。こんなときにクラブ勤めのために揃えた黒系の衣類が役に立った。男性派遣の場合、ジャケットだけがホテルの制服貸し出しになるので、最初に必要となるものが女性より多い。

だが、一度揃えてしまえば、スーツの替えを必要とする会社員よりは安価ですむ。

鹿山は、初めて着るホテルマンデリンの制服、オフホワイトのジャケットにドキドキしながら、まずは自分の着替えを終えた。

（これでいいかな？　緊張するな）

優に確認してもらおうと、振り返った。

すると、同じ派遣で来ていても、ベテラン社員と同じ仕事をする彼は、漆黒のスーツに蝶ネクタイをまとっていた。普段は自然に任せている前髪も軽く後ろに流して、眼鏡をかけた姿は一段とクールだが、華やかだ。

（わ……。優さん、超インテリジェント！　普通の制服と黒服って、こんなに印象も格も違って見えるんだ。実際……違うけど）

鹿山はここでも目を見開いた。だからチワワとたとえられるのだろうが、澄んだ大きな瞳に映された優のほうが、それに気づいてビクリとしている。

「何、見てるんだ。行くぞ」

「はい」

鹿山はジャケットの内ポケットに、前もって用意しておけと言われたオープナーやメモ帳、ペンやハンカチなどを入れて、先を歩く優のあとを追った。

（それにしても、本当にカッコいい人だな。二枚目で着こなしがよくて――。普段着姿もカッコいいけど、黒服姿は何倍もいい。宗方店長もそうだけど、黒服が似合うって憧れるな――）

表からは見ることのない従業員専用の通路は、必要なものだけが置かれた質素な空間だ。

絢爛豪華《けんらん》な接客の場とは何もかもが対照的で、絨毯《じゅうたん》から壁の色、照明やドアノブ一つに至るまで事務的だ。病院や学校の廊下を思わせる。

だが、そこを行き交う人々の表情もまた、きっと接客では見せない真剣さがあり、それは優の後ろ姿からも感じ取ることができる。

鹿山は、こんなときに迷子にならないよう、しっかりと優について歩く。

（あれ？　でも……あれ？）

――と、不意に周囲の視線が気になり目がいった。

本日担当する大ホール近くまで移動するも、どんどん強くなる視線に、困惑さえ覚える。

「どうした？　今から緊張してるようじゃ務まらないぞ」

鹿山の様子がおかしいことに気づいた優が振り返る。

「いえ。その……。うまく説明できないんですけど……。これまで生きてきた中で、経験したことのない状況にいる気がして」

「は？」

「すごく見られるんです。しかも、頭を下げられるんです。みなさんニコニコされて好意的だとは思うんですけど。なんだか尊敬？　するみたいな目で――。勘違いだったらすみません！　ただ、普通の好感とか、初見の人間に対する好奇心の類いとは感じられなくて」

勘違いかもしれないと言い訳しながらも、鹿山は動揺の理由を説明した。

――そんなの自惚れが強すぎだろう。

そう言われることも覚悟していた。

「ああ。その感覚こそが、香山の人間として見られている証《あかし》だよ」

しかし、優は鹿山が感じたことを否定しなかった。

「この感覚が？」

「そう。あいつらの目は、ガチで尊敬の眼差しだし、それ以上にこいつはどんな仕事を見せてくれるんだろうっていう、期待が籠《こも》っている」

肯定した上に、この状況が当然なのだと説明もしてくれた。

「期待？　派遣で来た俺に、こんな一流ホテルの正社員さんたちが期待をするんですか？　他の事務所から来ている派遣さんにしても、俺より経験のある大先輩ばかりですよね？　特にここは、アルバイトではなく、本業の方しか来ないって聞きましたし……」

「それが香山配膳のブランド力であり、登録メンバーに対する世間の評価なんだよ」

「――」

鹿山が思わず息を呑む。

優は、まだ自分たちの入る時間まで余裕があることを確認した上で、立ち話を始めた。

「よく、各ホテルのサービスレベルをSからABC……なんて格付けされるが、現場内で最高ランクとされているのは〝香山レベル〟と呼ばれる、香山メンバーのサービスであり仕事だ。決して超一流のホテルマンが評価されるSランクじゃないんだ。だから高さんだって、最初は〝どんなコネであってもど素人を香山に入れるなんてありえない〟って反対をしたんだろう」

数メートル先には、すでに場内設置が終わっている大ホールへの出入り口があった。このホテルの一番大きなホールは、十人がけの円卓で六十卓から七十卓が設置できる広さがある。

また、間仕切りで二会場に分ければ、一部屋に三十卓弱が設置される仕様となっているが、本日は一発目が一会場。二発目が二会場に分けての設置となるので、鹿山の視界に入るそれは、とても壮大な会場に見える。

「けど、その高さんが今日は自分の口から〝うちのニューフェイスだ〟と、お前のことを紹介した。少なくとも香山の人間として、仲間として受け入れたってことだ」

「仲間……」

「だからって、変な意識はしなくていい。余計な高揚や緊張はミスのもとだ。今日だけは、俺や周りからの指示で動けばいい。すでに言われたことはできるだけの、最低技術はある。あとはひたすら見て、感じて、覚えろ。今日の二発は和洋折衷《せっちゅう》と中華だし、基本的な披露宴仕事もフルコースだ。お色直しが異常に多いなんていう、イレギュラー的なものは入っていないから、この流れをスムーズにこなせることが最終テストであり、今後の第一段階だ」

自分が客として足を踏み入れたこともない高級ホテルに、一流のスタッフとして派遣に紛れてしまった鹿山。

会社からOKが出たとはいえ、いざ職場に入り、会場を目にすると、どれほどすごいことをしているのだろうかという気持ちになる。

「――ということは、合格できても、第二段階、第三段階もあるってことですか？」

「一度にあれこれ言ったところで、飽和《ほうわ》するだけだからな。響子さんも言ってただろう。基本の先にあるのは、数をこなさなければ見えてこないものだって」

「はい」

改めて誘導されるまま、鹿山は大ホールへ足を踏み入れた。

（うわっ……。眩《まぶ》しい！）

横浜で見た会場とはまた違った豪華さからか、目が眩《くら》みそうになった。

（すごい。豪華なだけでなく、大きな宴会場だ）

ホール全体がオフホワイトで統一された壁や天井には、シンプルでありながら品のある装飾が施されていた。

全体がウエディングケーキを連想させる白くて美しい空間だが、その分敷き詰められた緋色の絨毯が映《は》え、高砂《たかさご》の金屏風《きんびょうぶ》や、テーブルに飾られたビタミンカラーの花々もくっきりと映える。

また、来賓席にしてもそれは同じで、真っ白なクロスの中央に置かれた金のキャンドルに、それを彩る花々がとても可憐《かれん》だ。

金縁の飾り皿をメインにしたシルバーやグラスの輝きは、ただただ溜息を誘い。何より天井からダイアモンドのような煌《きら》めきを魅せる大小のシャンデリアは、鹿山を一瞬にして別世界の住人にしてしまったように思える。

（綺麗だな――。最初はちょっと照れくさかった制服のジャケットが、ここに立つと普段着に見える。グラスも飾り皿もシルバーも高価そうなものばかりだし、全部が光ってる。シンデレラの舞踏会でもできそうだ）

だが、準備に余念のないスタッフたちは、すでに会場内で最終確認を行っている。

テーブル一つ一つに間違いがないか、足元にゴミが落ちていないかを入念にチェックしている。

（そういえば、今日は優さんが高砂を受け持つって言ってたけど……。わ！　白手袋を着けた。あれだけでまた、違って見える）

優は高砂を担当しながら、料理などを出す進行指示役も担っている。

場内で一番高い位置で新郎新婦の接客をすると同時に、部屋全体を見渡し、確認をしていくのも高砂担当の務めだ。

(高見沢さんは、スタッフの出入り口から一番遠い新婦の両親卓、亀の担当か……。皿盛りの前菜を出すだけで、三往復。この移動距離と、またすべての進行時間が決まっていることが、レストランのサービスとの一番大きな違いだって言われたから、しっかり見ておかないと)

鹿山は、優や高見沢に言われたことを忠実に守り、周りを見ながら自分も同じことをするようにした。

周囲のスタッフは、まさか自分の仕事を見ながら鹿山が自身の仕事確認をしているとは思っていないので、チラッと見られるたびにドキリとしている。

妙にオーバーアクションになっている者まで現れる。

(でも、ここにいるだけで、ここで働かせてもらっているだけで、気持ちが弾んでくる)

「ミーティングを始めます。全員裏へ」

「はい」

いつしか緊張が高揚《こうよう》に変わる。

メニュー確認、配膳進行などを伝えるミーティングは、宴会課の課長が行っていた。

だが、披露宴の陣頭指揮は優が執《と》り、その補助を高見沢が行うことも、ここではっきりと伝えられる。

「――ということだから、常に高砂と亀を意識して合わせるように。あと、晃くんは当ホテルが初めてなので、今日は全体のフォローに回ってもらいます」

「はい」

また、課長自身は鹿山が当ホテルどころか、派遣仕事そのものが初めてなのを前もって聞いているはずだが、そこにはまったく触れなかった。

それが香山配膳のブランド力なのか、むしろそれを守るためのものなのか、鹿山にはわからない。

とにかく周りに合わせて、頑張るしかない。

(やっぱり鹿山は紛らわしいのか、課長さんまで名前呼びなんだな。あ、でも。怒るときに遠慮がなくていいのか。多分、鹿山！　とは、怒鳴れなさそうだし……)

ただ、鹿山は優から教えられたこと、また言われたことだけを忠実に守って、今日の仕事に臨むことを改めて意識した。

「では、迎賓《げいひん》です」

課長がミーティングを終えると同時に、同じ制服を着込んだ社員や派遣員たちが、会場内に設置された担当のテーブルへ向かう。

高砂を含めて、六十卓。一人一卓が基本だが、今回は場内が広いこと。また、マンデリンの最低限のサービス基準を維持するために、卓持ちと呼ばれる担当者を補助する者が、鹿山の他にも五人ほど配置されている。

そして、鹿山は「基本、優と高見沢の間ぐらいの壁側に立って、周りを見て。特に、新婦友人卓にはお子様連れがいるから、そこの担当者を気にかけて」ということだったので、まずはそのポジションへ向かった。

「晃」

「はい」

優がそっと耳打ちしてきた。このタイミングで呼ばれただけでもドキドキするのに、トーンを抑えているためか、声に甘みが増している。

「一つの宴会、一生に一度の宴は、いつも〝迎賓〟から始まるから」

「……はい」

コクリと頷きながらも、晃の両手が自然と高鳴る胸に当てられる。

(びっくりした。声だけでなく、話し方もあるんだろうけど、背筋がゾクッした。余計に心臓がドキドキしちゃったよ)

閉鎖されていた会場の扉が開き、フロアで待機した来賓を場内へ迎え入れる。

「いらっしゃいませ」

まずは、テーブルに訪れた来賓を着席させる。椅子引きのサービスには、来賓の名前と引き出物に間違いがないかを確認する作業も含まれている。

(結婚式の披露宴。形式的には同じ進行、同じ段取りで行われるんだろうな……。でも、今この瞬間の披露宴は、唯一無二。宗方店長も言ってたけど、お客様にとっての今日は今日だけであって、明日以降に同じ時間が訪れるわけじゃない。それは接客する自分にとっても同じだ)

来賓が全員着席したところで、新郎新婦の入場だ。

そして、ここから先は決められた時間との戦いが始まる。

（だからこそ、今この瞬間を大切に。丁寧に。少しでもお客様に喜んでもらえるように。気持ちのいい時間を過ごしたという記憶が残るように努力したい。できたら、思い出したときにふっと笑顔になれるような。そんなひとときを過ごしてほしいから――）

乾杯から始まり、ケーキ入刀や主賓の挨拶。

新郎新婦のなれそめが紹介されたり、友人たちの余興があったり。

また、お色直しの退席から、キャンドルサービス。

その後は再び余興が入り、新婦から両親へのメッセージなどがあるラストシーンまで、二時間半を目処《めど》にして進行。それに合わせて、料理が順番どおりに出されていく。

（けど、そんなことばかりは思っていられないのか。お子様！　飽きちゃったの⁉　わかるよ、わかる。このおじさんの話、難しい上に長いもんね。でも、ここはどうか落ち着いて！　お願いだから、スプーンとか投げないで！　いやもう、走り回らなければ、ＯＫかな？　あのおじさん、そろそろ話を締めないかな？　ああっっっ、お願い。そんな怖い顔で睨まないで、お母さん！　ベソかかないでよ、お子様っ!!　君は全然悪くないから、どうか堪えて。泣かないで――っ！）

ある意味、理想と現実を目の当たりにした瞬間だった。

そう。これだけの規模の披露宴をする新郎新婦の来賓だけに、優が眉間に皺を寄せそうな祝辞が、やたらに多かった。

特に、後半に入ると課長や他の社員どころか、来賓の眉間にまで皺が寄るような時間オーバーが続出。最後は、スタッフ全員から心の余裕を奪う展開になっていったのだ。

「では、送賓です。最後まで粗相のないように。でも、急いでお見送りをお願いします！」

「はい!!」

(うわっ！　課長さんの顔色が変わってる)

同じような展開でも、次の予定がなければまだいい。

だが、本日はこのあと部屋を二つに仕切って、尚且つ二発の披露宴が行われることになっている。

「ドンデン急げ！　待機時間のスタッフに来てもらえ」

「もう、手配してもらってます」

「よし！」

(優さんが、高見沢さんが、鬼みたいになってる！　俺もできるだけやらなきゃ！)

終わった披露宴の片づけから次のセッティングまで——ドンデンと呼ばれる時間を大幅に狂わされたがために、来賓を見送り、閉鎖されたホール内は一瞬にして殺気立った。

「それにしても、あのお客さん。話が長かったな」

「新郎新婦は顔が引き攣《つ》ってるし、親族席でさえ苦笑してたしな」

「それより、晃さん。退屈している子供をあやすのがうまいよな。視線と相づちで大人しくさせるって、技だぞ、技」

「うん。響一くんも得意だけど、鹿山さんもマジでうまいわ。見た目だけでなく、醸し出す雰囲気が柔らかいから、子供も安心感を覚えるのかもな」

「おい、そこ！　話す前に動け。三十分も押してるんだぞ」

「はい、課長！」

もはや、ちょっとした雑談さえ許されない。

鹿山は、自分が怒られたわけでもないのに、全身をビクリと震わせた。

しかも、妙に気持ちを急かされて、新しいクロスを山ほど抱えてホール内を小走りする。が、
それは優に止められた。

「ひっ！」

「――晃。慌てなくていいから、落ち着け」

いきなり腕を摑まれ、引き寄せられて、周りに聞こえないように耳打ちされた。

そうでなくとも優の声には弱いのに。勢い余って、彼の唇が外耳に触れて、鹿山は声にならない悲鳴を続けざまに上げた。

（ひぃ――っ。今、チュ⁉）

一瞬とはいえ、確かに触れたと思うと、顔が真っ赤になる。意識してしまう。

「今日だけは、粗相しないことのみを考えて動け。こういう場合は、仕事が遅いよりもミスが出るほうが、かえって時間のロスになる。自分のように慌てている者を見たら、逆に注意できるぐらいの気持ちに切り替えろ。必ず間に合う。間に合わせられるから」

だが、そうは言っても、一分一秒が惜しいのだろう。優は、言いたいことだけを言って、すぐに鹿山の腕を放した。

鹿山の外耳に唇が触れたことには気づいてないか、まったく気にしていないようだ。

「は……いっ」

鹿山がコクコク頷《うなず》くと、自分の持ち場へ戻っていく。

(びっくりした……。でも、間に合うって言いきれるのが、すごいな)

鹿山は、山ほど抱えたクロスを、リセットされたテーブルの上に配って回った。

その間にも、他の部屋の担当社員たちが、手伝いに参加する。

(一気に人手が増えた。よかった)

ほんの少しだけ、安堵が生まれた。

鹿山は、最後の一枚は自分でと思い、鶴のテーブルに広げて、ふわりとかける。

クリーニングずみのクロスに残った折り目を基準に、高砂に合わせて方向を整える。

「あ、この中に誰かいるわよ」

「開けていいのかしら?」

「準備中みたいだから、平気でしょう。あ、そこの人。ちょっといいかしら」

すると、背後から年配の女性の声が聞こえてきて、フロアに続く扉を開けられた。

それだけでもビクリとしたのに、手招きまでされてしまう。

「――はい。なんでしょうか」

ホールはドンデンの真最中だ。この段階は裏と同じで、客の目には触れさせたくないところだ。

鹿山は自分のほうからフロアへ出ていき、留め袖姿の婦人たちから用件を聞いた。

「忘れ物をしたから、地下の駐車場へ戻りたいの。どちらから行けば近い？」

「失礼ですが、お車を停められた場所のブロックナンバーをお聞きしてもよろしいですか？」

「場所？　Ｆの５番だったかしら」

「確か、そのあたりよ」

鹿山が質問を返すと、婦人の一人がハンドバッグの中から番号を控えたメモを取り出す。

「ほら、やっぱりＦ」

「それでしたら、こちらのフロアの右手にお進みください。突き当たりを左に入ったところのエレベーターをご利用いただきますと、Ｈブロックの前に出ます。エレベーターを降りて右手側がＦブロックになりますので」

鹿山は、笑顔で応対できた。

「右、突き当りを左、降りたら右ね。ありがとう。助かったわ」

「お気をつけて、行ってらっしゃいませ」

婦人たちを見送り、ホールの中へ戻ろうと扉に手をかける。

「――ねぇ。ちょっといいかな」

「はい！」

今度はなんだ⁉　と、振り返る。立て続けに二度もだなんて、心臓が今にも飛び出しそうだ。

（え――⁉　誰、この人）

鹿山に声をかけてきたのは、自分と同じ制服を着ている、それも三十は超えていそうな男性だった。一瞬女性と間違えそうになったほど綺麗で華奢《きやしや》で、まったく違う意味でドキリとしてしまう。

「君、ここに来るのは初めてのスポットだよね？　あ、鹿山晃くんっていうんだ。鹿山くんはお客さんとしては、よく来ていたの？」

彼は宗方とも香山たちとも明らかに綺麗な方向が違っていた。

男性だとはわかるが、女性的な繊細さを持った美形だ。

しかも、相手は鹿山のネームプレートを見る前から新顔のスポット――派遣員だということを判断していた。ということは、宴会課所属の社員なのだろうか。胸のネームプレートには美祢《みね》遥《はるか》と書かれている。

「えっと……。初めてです。ホームページは拝見しましたけど。それだけです」

「それでエレベーターどころか、駐車場のブロック位置まで覚えてきたの？　もしかして、君香山からの派遣？」

「――はい。お手洗いとフロント、クロークとエレベーターの位置はよく聞かれるからと教えられたので。地下駐車場のブロックナンバーに重ね合わせて、各階の配置を覚えたんです。駐車場は建物の基礎というか、柱の位置が明確で。何より規則正しくブロック分けされているので、方角で覚えるよりも、自分には理解しやすかったんです」

鹿山は、相手が社員だったことから、聞かれたことには答えた。

すぐにでもホールの準備に戻りたいのは山々だったが、無視していくのもどうかという状況だ。

それならば、話を早く切り上げるほうがいいだろうと判断したのだ。

「ああ、そういう覚え方もあるのか。なんだか目から鱗だな。僕なんか、施設案内を手にしてグルグル館内を回ったクチだから……」

「それは俺もさせていただきました。エレベーターの位置と、そこに立ったときの視界確認だけは。やはり、平面と立体では印象が違うので」

「――だとしても、覚える基準が地下ならぶれないよね。ましてやお客様にとっては、ホールでも駐車場でもグルグルするのはしんどいだろうし。自分の車まで最短コースで案内してもらえたら、すごく楽なはずだ。さすがは香山のニューフェイスだ」

「そんな……。でも、少しでもお客様の負担が減るなら、それは嬉しいです。ありがとうございます」

とりあえず、最速で会話を終えられたので、鹿山は軽く会釈をする。

「ところで、地下に駐車場がないホテルや式場の場合は何で覚えるの？」

しかし、美祢との話は終わらなかった。鹿山は戸惑いながらも、答え続ける。

「――えっと。その場合は、案内図面で確認できる柱とエレベーターが基準になるかと……。自分で勝手に柱と柱を線引きして、ブロック分けして、番号を振って。建物の構造上、これ以上不動の目印はないので」

「なるほどね。そういう理屈で考えるなら、どこの施設に行っても大丈夫なわけか。あ、ドンデン中に引き止めてごめんね。続き、頑張ってね」

「はい！　ありがとうございます」

ようやく納得してもらえたようだ。

鹿山がホッとしつつも、ホールの扉に手をかけた――が、そのときだ。

「お前、何をしたんだ⁉」

「え⁉」

いきなり扉が開いたかと思うと、出てきた優に責められた。

状況がまったく飲み込めないが、「何がですか」と尋ねることもできない。

「美祢さん。申し訳ありません。ちょっと目を離した隙に。うちの晃が何か粗相でも？」

優は立ち尽くす鹿山をどかして、美祢のほうへ歩み寄る。

ホールの中からは、何ごとかと驚く社員たちが、チラチラと様子を窺っていた。

ドンデンのほうは、増えた人手のおかげで、着々と進んでいるようだ。

それに気づいたこともあり、鹿山もつい、優と美祢の話に耳を傾けてしまう。

「別に。ただ、ものすごい方向感覚の持ち主だなと思って、話してみたくなっただけだよ」

「え？」

「彼、晃くんは、いったいどんなゲーマー？　記憶した平面図を脳内で３Ｄ化した上に、実際迷うこともなく歩けるみたいだよ。というか、ワンフロア程度なら、響一も得意だった気がするけど。あの調子だと、地下から最上階まで全部覚えてるんじゃないかと思うんだよね。こういうのは何マニアっていうのかな？　ホテル一棟、丸ごと覚えるのに、どれぐらいかかるんだろう」

優の心配をよそに、美祢の態度は変わらなかった。それどころか、短い会話の中で、鹿山がホテルの案内図を丸ごと記憶してきたことを見抜いていたようだ。

「鹿山には、昨夜初めてここのサイトを教えただけですが。もちろん、裏は載っていないので、プリントアウトした案内図に、俺が手を加えて渡しましたが」

「――それで頭に入っちゃうんだ。さすが香山配膳。相変わらず、さらっとすごい子が入ってくるんだね」

「……はい。まあ。さらっと……というか、するっと。あ、でも、もとは設計の勉強をしていたみたいなので、それもあるんだと思います」

「ああ。それで記憶の基準が柱なんだ」

嬉しそうに話す美祢の笑顔は、鹿山が見入ってしまうほど綺麗だった。

そのためなのかはわからないが、いつになく優の態度がぎこちない。

(優さん?)

鹿山は、またドキドキしてきた。ふと、先ほど彼の唇が触れた外耳に手が伸びる。

(美祢さんのことが好きなのかな?)

どうしてそんなことが頭によぎったのかは、わからなかった。

理屈などない。目の前にいる優を見て、そう感じただけだ。

「でもさ――。だとしても、あの感覚は貴重だね。どこの施設の駐車場も広いから、聞かれたときに停めた車までの最短距離を案内できるのは、良質なサービスだよ。僕もこれから意識しなきゃ。あ、ドンデン終わったら、送ったスタッフ返してね!」

話が終わると、今度は美祢のほうから「じゃあ！」と言って去っていった。

どうやら大ホールに応援の社員をよこしてくれたのは、美祢だったらしい。貴重な時間を立ち話に使ったのも、すでに間に合うと確信があったからだ。

「――」

優は、その後ろ姿を見送りながら、何か考え込んでいる。

（優さん……）

しかし、美祢が残した不思議な余韻《よいん》は、これだけに止《とど》まらない。

「すげえな……。美祢さんがべた誉めだよ」

「さすがは香山配膳のニューフェイス。サービスに対しての着眼点が違うんだな」

美祢は、鹿山と同じ制服を着ていた。たとえ社員であっても、黒服を着ていたわけではなかったし、課長よりも若く見えるので管理職だとは思わなかった。

だが、実際は彼の一言が、鹿山の評価を一気に上げた。

それも、香山配膳から来たからではない。鹿山自身を誉めてくれたからだ。

「それに、なんか……。ものすごく楽しそうに、仕事してるしな」

「うん。テーブルセットの微調整したり、グラスの磨き残しを確認したり。普通は淡々とすることだろうに、嬉しそうだよな。妖精でも見えてるのかな？　ってぐらい」

「は⁉」

「だって……。超ニコニコして、ふわふわしてるから。そのうちステッキでも取り出して、一振りでドンデン終わらせそうなイメージかなって」

周りが意識して鹿山を見ていたことがよくわかる。

もしかしたら客観的な分、鹿山自身よりも今日の鹿山の働きには詳しいかもしれない。

(ものすごく楽しそう……か)

「魔法少女かよ！　っ、て。失礼しました！」

ただ、さすがにここまで言われると、鹿山の前に優が黙っていなかった。

振り向きざまに「お前ら――」と言いかけるも、そこは鹿山が止めに入る。

「いいですよ、優さん。俺、この仕事が好きですから」

「……晃」

咄嗟に発した言葉に、優はかなり驚いていた。

だが、それ以上に驚いていたのは、実のところ鹿山本人だ。

「本当。ステッキ一振りでドンデンが終わったらいいのに。でも、そういうわけにもいかないので――さ！　続きやりましょう」

鹿山は、照れくさそうに笑うと、優の腕を引っぱり、ホール内へ戻った。

(うん。俺、なんか好きだ。この仕事、好きだって思う)

その後、無事に準備も整い、二発目の披露宴がスタートした。

鹿山もまずはホッとして、続けて働くことができた。

4

「送賓！」

迎賓で始まり、送賓で終わる一つの宴。

鹿山は二発目の披露宴を無事に終えると、来賓の見送りのためホールへ入った。

（――すごい。本当にすごい。こんなに楽しい職場があったなんて知らなかった。俺が何かするたびに、お客様に喜んでもらえる。ありがとうって言ってもらえる仕事があったなんて！）

声をかけながら忘れ物がないようにチェックし、最後の一人が退出したところで片づけに入る。

「お手荷物の確認をお願い致します。お忘れ物がないように」

「ありがとう」

優も高見沢と共に、率先して見送りに回っていた。ホール内でも課長とホール担当責任者、あとは彼らしか着ていなかった黒服姿は、やはり目立つ。

中でも長身で腰の高い優は、遠目からでもすぐにわかった。

（俺があんなふうにできるようになるのは、いつだろう。常勤の派遣でもないのに、社員さんのように動いて周りに指示も出して。場内の端から端まで料理を運んで、完璧に振る舞って）

一日二発の披露宴仕事を体験したことで、鹿山は優や高見沢の仕事ぶりが、やはり他とは違うことを実感した。

（しかも、一つもミスがなくて当たり前。俺は、初心者のわりには覚えがいいって誉めてもらったけど。その何十倍の技術と精神をもって務めているのが、香山配膳では当たり前のことだ。周りがどれほど高評価をしても、香山では普通のことだ）

社員からの信用も違えば、他社の派遣員からの信用も違う。鹿山がこれまでイメージしていた派遣像のようなものを、いい意味で根底から崩された。

それだけに、鹿山はまたここに立ちたいと思った。

できることなら二度も、三度も。それ以上、ずっと――。

（名前負けしない。社長さんや高見沢さん、優さんたちの評判を下げないようなレベルのサービスって、実際はどんな域なんだろうな？　これからでも頑張ったら、俺にもなれるのかな？　ちゃんとした香山配膳の一員に）

ただ、知れば知るほど、難しいような気がした。

何も知らないということが、どれほどの強みだったのか身に染みる。

「あ、さっきのあなた！　迷わずに車まで行って戻ってこられたわ。ありがとうね」

「はい！　こちらこそ、ご丁寧にお声をかけていただいて、ありがとうございます」

それでも鹿山は、難しさを知ると同時に喜びを知った。

（――いや、なる。なりたい。俺は、この仕事がもっとしたい。これからもずっと続けたい）

いつの間にかこの仕事が好きだ、大好きだ。続けたいと心が動いていた。

「お疲れ、晃。ここを片づけたら今日のところは終わりだ。ちょっと時間がずれたが、食堂で夕食が出るから、タイムカードはそのあとでいい。休憩の一時間分も、うちは時給に含まれるから」

「はい。高見沢さん」

もちろん、一筋縄ではいかないとは思う。

(でも……。よく考えたら今日の現場が最終テストなんだよな。みんな一人一卓、きちんと持ち回りしていたけど、結局俺はドリンクと空き皿中心に見て回っただけ。あとは、お子様席のお手伝い――のはずだったけど。ほとんど手伝う必要がなかった。しかも、他の人たちからも……)

〝こっちは大丈夫ですよ。晃さんは全体を見ながら、何か気づいたら指示してください〟

〝そうですよ。気がついたことがあったら、どんどん注意してくださいね〟

(他の事務所から、初めて来ました――とかだったら、絶対にあんなこと言われないだろうに。かといって、まさか自分から正真正銘今日が初仕事なんです。ど素人ですって言うわけにもいかないしな――)

本当の試練は、これからだとも思う。

「あ、晃。表に出ているウエルカムボードを持ってきてくれ。梱包《こんぽう》して、新郎新婦に戻すから」

「はい、優さん」

しかし、今の段階で、晃は改めて「香山配膳に入れてください」と、香山に申し出たいと考えていた。今夜のうちに事務所を訪ねていいものか、それとも明日にするべきか、これが終わったら優たちに相談して――と。

「ご馳走様でした。凌駕さん」

「いやー。美味しかったです。やっぱ、銀座は違いますね」

「あざーす」

だが、鹿山の耳に聞き慣れた声が飛び込んできたのは、ホールからフロアへ出たときだ。

(え？　凌駕)

「晃！」

表に出されていたウエルカムボードを手にすると同時に、振り返った。

すると、どうやら最上階のレストランで食事を終えたらしい凌駕と目が合った。

一緒にいるのは、彼の取り巻きホストの四人だ。全員、比較的地味な色味のスーツ姿ではあるが、やはりここでは浮いて見える。髪型もそうだが、持っている雰囲気が違うのだ。

「本当だ。晃じゃないか」

「お前……。逃げるようにして店を辞めたと思ったら、こんなところでバイトかよ」

「ちゃちぃな～。高校生のアルバイトじゃないんだからよ」

「――ってか、お前さ。凌駕さんの許可もなく勝手に辞めるって、どういう了見なんだ」

鹿山はあっという間に、彼らに囲まれてしまった。

手にしたウエルカムボードを抱えて、まずは守る。

「俺は、ちゃんと報告したし。店長ともきちんと話をして辞めました」

「は⁉　店長じゃねぇだろう。そもそも誰に口利いてもらって、店に入ったんだよ」

「そうだよ。あれから常連客にお前のことを説明するのに、誰が一番骨を折ったと思ってるんだ。

凌駕さん、頭を下げどおしだったんだぞ。本当。どこまで調子に乗ってるんだよ」

「――っ」

場所が場所だけに、さすがに彼らも手は出してこない。

だが、その分距離を縮めてこられて、顔が近づく。中には、軽くだが頭突きしてくる者もいる。

(痛いっ!)

「よせって」

「凌駕さん」

「こいつはこいつで反省してんだよ。昔っから反省すると、自主的に距離を置くタイプなんだ。でもって、俺から許されて、声をかけられるのをじっと待ってるんだ。な、晃」

取り巻きたちを止めたのは、凌駕だった。

しかし、態度は最後に会った夜と変わらない。鹿山を上から覗き込むように見下ろしてくるのは、決して身長差のためだけではないだろう。

なぜなら、身長だけなら優たちも凌駕と大差がない。

だが、彼らからこんな目で見下ろされたことは、たったの一度もない。それは出会ってまだ一週間だからではない。そもそも優たちが凌駕と同じ目では、鹿山を見てはいないからだ。

「それは……」

「もういい。許してやるから、店に戻れ。店長には俺から頭下げてやるし、お前だってこんな仕事じゃ大して稼げないだろう」

――ああ、やっぱり。

鹿山の中で、これまでにはなかった残念な気持ちが芽生えた。

しかも、急速に広がっていく。

「うわっ！　凌駕さん、激甘」

「いいな、晃は。たまたま近所で生まれ育ったってだけで、贔屓《ひいき》にされて。有り難く思え」

「そうだそうだ。今すぐにこんな制服は脱いで、バーテン服に着替えろよ。お前の童顔も、少しはカバーされ――っ!!」

ただ、男たちの一人に、腕を摑まれたときだった。

鹿山は自分でも驚くほど、はっきりと彼の手を撥《は》ね除《の》けた。

「こんな仕事じゃない。こんな制服でもない」

強い口調で言い放つ。そのまま視線を凌駕へ向けると、改めて彼を見上げた。

しっかりと視線も合わせる。

「凌駕。許してくれてありがとう。けど、この仕事は、配膳はすごくやり甲斐のある接客業だし技術職だ。俺にはクラブ勤めをするより合ってると思うし、実際もっとこの仕事を覚えたいと思った。だから、お店には戻らない。気持ちは嬉しいけど」

しかし、思ってもみなかったことを鹿山に返され、凌駕も気が高ぶったのだろう。鹿山の腕を摑んで、感情のまま揺さぶってくる。

「は⁉　何、生意気なこと言ってるんだよ。お前は俺の言うとおりにしてればいいんだよ」

「凌駕！」

「ほら！　とっととタイムカードでも何でも押してこい！」

鹿山は抱きしめたウエルカムボードに破損がないように。そればかりを気にかけて、凌駕の手を払おうとした。

「無茶言わ……っ。放し――っ⁉」

だが、力を入れる前に、解放される。

「お話し中、失礼至します。お客様。うちの者が何かご迷惑をおかけしたのでしょうか」

凌駕の手を掴み、鹿山から離したのは優だった。

口調も態度も変わらないが、凌駕の手を引き離した彼の拳《こぶし》に力が入っているのがわかる。

かなり強く掴まれて、凌駕のほうから優の手を振り払う。

「うちの者？　まさか、こんな短期間で正社員にでもなったのかよ。このホテルの」

「違うよ。俺は、ここに入ってる派遣会社の……」

「派遣だ⁉　ホテルの正社員ならともかく、派遣程度で俺の誘いを断るって言うのかよ。馬鹿じゃねぇの？　そんなんで生活できると思ってんのか」

「生活の問題じゃない。やり甲斐とかそういうことで……」

ここでしていいやりとりだとは、鹿山も思っていなかった。

ただ、話を終わらせる糸口が見えない。相手は知り合いだが、ここでは客でもある。

鹿山は、なるべく感情的にならないように、言葉を返すだけだ。

「何言ってるんだよ。こいつだって立派な格好はしてても、派遣なんだろう。けっこういい年してそうなのに、リストラでも食らったのかよ？」

「優さんに失礼なこと言うな！」

「なんだって」

しかし、凌駕の心ない言葉が、鹿山と優の逆鱗に触れた。思わず同時に声を荒《あら》げる。

「大変、申し訳ございません。他のお客様の手前もございますので、お話をされるのであれば声を落とすか、場所を変えていただけますでしょうか」

すると、そこへ新たな仲裁《ちゆうさい》が入る。鹿山をというよりは、優を鎮めに入ったように見える、通りすがりの美祢だ。二発目の仕事は彼も高砂だったのか、ジャケットを黒服に替えている。いっそう彼の美貌が引き立つ上に、完璧な営業用スマイルが神々《こうごう》しいほどだ。

だが、それが鹿山には怖かった。

（しまった！）

一瞬にして頭に上った血が、下がる思いがする。

「ちっ。説教くせえ」

「マンデリン東京も大したホテルじゃねぇよな。フロアで立ち話もできねぇなんてよ」

「やめろ。みっともない」

「……すいません」

取り巻きたちの態度は相変わらずだったが、さすがに凌駕は場所柄を弁《わきま》えたようだった。

周りを抑え、美祢にも軽く会釈をした。

そして、「帰るぞ」と声を発しながら、今一度鹿山を見下ろしてくる。

「――晃。待っててやるから、あとで駐車場へ来い。Zの3だ。いいな」

「そんな……。嫌だよ」

「逃げるなよ。話はまだ終わってないんだからな」

「終わるも何も、俺は……っ！」

強引に話を決めると、取り巻きを連れて引き上げる凌駕。

衝動的に鹿山も追いかけようとしたが、美祢に腕を摑まれた。

引き止められて、ハッとする。

「申し訳ありませんでした。ごめんなさい」

抱えたウエディングボードが、鉛の固まりになったように重く感じる。

鹿山は言い訳できない状況に、身体を二つに折った。

「いや、いいよ。なんか、最近はお目にかからなかった光景で、ちょっとドキドキしちゃった。でも、時代が変わっても絶滅しないいんだね。あの手のタイプって」

だが、そんな鹿山を責めるでもなく、美祢がクスっと笑った。

「それより――。せっかく地下で待っててくれるんなら、このままアップして話を終わらせてきたら？　優もいいよ。課長たちには僕から言っておくから」

「いえ！　これは俺個人の問題なので。優さんは、香山配膳はまったく関係がないので、どうか罰は俺だけに！」

怒られるよりも許されることのほうが怖いと感じたのは、今日が初めてかもしれない。

鹿山はひたすら美祢に謝罪した。

「え？　関係ないわけないだろう。連帯責任に決まってるじゃない」

「――!!」

いっそう美祢の笑顔が輝いた。その目つきだけがガラリと変わった。

鹿山の背筋に冷たいものが走る。全身が凍りつきそうだ。

「こんな仕事。こんな制服。派遣程度。トドメに、マンデリン東京も大したものじゃないとまで言われたんだ。売られた喧嘩《けんか》は買わなくてどうするの。わかってるよな、優」

見た目だけなら鹿山と同じほどの背丈しかなく、その上女性的な繊細さまで感じさせる美祢。

だが、それだけに怒ったときの彼が、鹿山には優や凌駕より怖かった。

美人は怒ると栄《は》えるというが、そういうレベルではない。彼から発せられるオーラのようなものが、鹿山には特別で特殊なものに感じられたのだ。

「もちろんです」

「なら、僕も着替えたら地下へ行くから。あ・と・で・な」

「はい」

美祢は、優に指示らしきものを出すと、わざわざ鹿山に手を振って離れていった。完全に固まっていた鹿山は、後生大事にするのかというほど、ウエディングボードを抱きしめる。

「――え⁉　ええっ。今の綺麗な社員さんも来るんですか⁉　というか、なんか一番〝やってやるぜ感〟が漲《みなぎ》ってたんですけど……。どうして了解しちゃうんですか、優さん！」

しかし、聞き捨てならないことばかりを立て続けに聞いた気がして、優に確かめた。

優はふて腐れているようにも見えるが、「中へ戻るぞ」と視線で合図しながら、鹿山の質問には答えてくれる。

「ああ見えて、美祢さんは元香山配膳で、トップスリーに入るサービスマンな上に、今ではこのホテルの筆頭株主兼名誉相談役だ。最後の一言さえなければ、まだ我慢したかもしれないが、売られた喧嘩は必ず買う人なんだよ。そして、容赦なく叩くから、安心していい」

「――」

「人は見かけによらないってことも、学んどけ。まあ、それを言ったら俺もだけどな」

しかし、優の説明は一瞬で鹿山のキャパを超えてきた。

内容が飛びすぎていて、次元さえ違うように感じられる。

「でも……。筆頭株主で名誉相談役なのに現場でお仕事をしてるんですか？」

もはや、配膳事務所が実はモデル事務所だったのか⁉　と思わされるレベルでもない。

もしかして自分は大がかりなドッキリでも仕組まれているのだろうか？

実は、会社の連鎖倒産からして嘘だったのではないだろうか？　とまで疑ってしまった。

「マンデリングループのあちらこちらを見て回っているから、各ホテルに現れるのは年に数回程度だけどな。だから、ここで美祢さんと会う、しかも向こうから声をかけられるって、そうとう貴重だし稀《まれ》なことだ」

「やっぱり俺はついてないというか、そうとう運がないってことなんですね。こんな勝負の日に、そんな偉い方を超個人的なトラブルに巻き込むなんて……」

「そのネガティブ思考をどうにかしろよ。俺から言わせたら、強運以外の何ものでもない」

「!!」

優には全部お見通しなのだろうか？　自分が透けて見えすぎるタイプなのだろうか？

伏し目がちになったところで、優しく額を小突かれてドキンとする。

と同時に、鹿山は再び優から注意され、これが現実だと突きつけられて、さまざまな情報で飽和していた頭がクリアになる。

「だいたい、あれは巻き込んだんじゃなくて、勝手に突っ込んできたんだ。要は、これはもうお前個人のトラブルじゃないって判断したからだ。それに、あそこで美祢さんが入ってくれなかったら、あいつらが出てきて、もっとややこしくなっていた。これでも最小限の騒ぎに収めた結果の〝お前らちょっと表に出ろや〟ってところだ」

しかも、優から「あいつら」と言われてハッとした。

うつむき加減だった鹿山が、顔を上げて周りを見る。心配そうに様子を窺《うかが》っていたのは、社員や派遣といった立場に違いはあっても、自分の仕事に胸を張るホテルマンやサービスマンたちだ。

（あ……。もしかしたら今ので、俺が香山どころか、ど素人だってわかっちゃった？　――って、そういうことじゃないよ。しっかりしろ、晃！）

鹿山を同業者として認め、心から受け入れてくれた者たちだ。

しかし、だからこそ巻き込めないと、鹿山は思う。

「――でも、凌駕や店のことは、本当に個人的なことですし。凌駕たちだって、俺を基準に見たから、あんな失礼な暴言を吐いたんだと思うし……」

「普段思ってないことは、口に出ないよ。あいつらの中では、しょせん派遣なんだよ。正規にクラブ勤めしている自分たちのほうが、まだ上っていう考えだ。それに、お前の辞職に関しては、宗方が許可したことだ。それを四の五の言うってことは、あいつも嘗《な》められてる証拠だな」

「でも……」

「安心しろ。幼馴染みとの超個人的なことまでは、口は挟まない。これはあくまでも、ホスト対サービスマンとしての話し合いだ。ほら、着替えるぞ」

優には自分の意見を撥《は》ねつけられてしまった。

だが、鹿山の意志はいつになく固い。

(話し合いって……。凌駕の取り巻きは、かなり手足が出るタイプなんだけど……。いや！　せめて収めなきゃ！　これだけは、身体を張っても絶対に!!)

とにかくこの場は、周りからの勧めもあって、二人は一時間ほど早上がりをした。

夕飯は取らずに私服に着替え、地下の駐車場で待つ凌駕たちのところへ向かった。

フロアから駐車場へ移動すると、それだけで話し合いという雰囲気は感じられなくなった。

コンクリートに囲まれ、車だけが並ぶ空間は、華やかなホテル内や社員専用のスペースともまた違う。

しかも、無機質な空間に荒々しい着色をしてくれるのは、やはり凌駕を取り巻くホストたちの柄の悪さだ。

贔屓目なしに、凌駕だけならまだ——と思うが、血気盛んな二十代が集まっているせいか、印象は最悪だ。これからチンピラの喧嘩かと思う。

「なんだよ、晃。俺はこんな奴らまで呼んだ覚えはねぇぞ」

「こんなときでも一人で来れねぇのかよ。相変わらず、金魚のフンだな」

それでも鹿山は優を巻き込みたくない一心から、一歩前を自分が歩いた。

対面した途端に罵声を浴びせられたが、それでも退くことはしなかった。

だが、そんな鹿山を背後に庇うように優が前へ出る。

それを見た凌駕の目つきが、いっそう悪くなった。

状況は悪くなることはあっても、よくなる兆しはまったく見えない。

「勘違いしないでくれ。勝手についてきたのは俺たちのほうだ。お前たちの言葉を借りるなら、俺たちがフンで、金魚が晃ってことになる」

「——はっ。ずいぶん暇かつ、過保護な派遣会社だな。それとも、こんなぺーぺーでも、一度入ったら最後まで面倒見ますみたいな、お仲間ごっこかよ」

「ごっこじゃない。正真正銘の仲間だ。実力を認め合い、尊敬、尊重し合える同業者だ」

(――!!)

そんな中でも、優のはっきりとした言葉は、鹿山に力を与えてくれた。凌駕の怒りには、火に油を注ぐことになったが、鹿山にとっては勇気だ。クッと奥歯を噛みしめる。

「馬鹿じゃねぇの！　こいつが店を辞めてから、十日と経ってないんだぜ。そんな日数で、尊敬し合える仲間になれるって。どんな低レベルの仕事なんだよ」

「仲間や友人を下僕と勘違いしている奴らに、レベルがどうこう言われる筋合いはない」

「格好つけてんじゃねぇよ。こっちは、皿持って歩き回ってるだけ、こんなど新人でも尊敬してもらえるような、誰にでもできる仕事じゃねぇんだ。お互いが常に敵同士。トップを目指して、心身を削り合ってるんだからな」

「はん。何が心身だ。客の奪い合いに奔走《ほんそう》して、身を削ってるだけだろう。まあ、一晩のうちに二度飯、二度風呂、二度セックスなんていうのは、ご苦労様って思うけどな」

「なんだと！　ふざけたこと言いやがって」

「凌駕！」

優を押し退け止めに入るが、今度は凌駕に突き飛ばされた。

「引っ込んでろ！　この裏切り者が」

「っ！」

背後に立った優が抱き留めてくれたが、凌駕の標的は完全に鹿山から逸れている。

優しか見ていない。

「テメェ。ちょっと顔がいいと思って、ホストを嘗めてんじゃねぇぞ。自分にだってできるぐらいのつもりでいるんなら、大間違いだからな」

「その言葉、そっくり返してやるよ。今夜はレストランで食事でもしてきたようだが、それで〝皿持って歩き回るだけ〟なんて、よく言えるな。ちょっと記憶を巻き戻して、考えてみろ。お前らが受けたサービスを、自分がやれって言われたらできるのか？」

しかも、頭一つ分違う晃を丸無視しているのは、優も同じだ。自ら喧嘩を買っている。

これは、鹿山がどちらを止めたところで、聞き耳持たない状態だ。

「そんなの――やってみなきゃわからねぇだろう。悪いが、これでもバーテンからウエイターまで経験してるんだ。やれって言われりゃ皿持ちぐらいなんてことはねぇよ。お前のほうこそ、やれるもんならホストをやってみろ！　自力で客を呼んで、ナンバーワンになってみろよ！」

「ああ、いいよ。やってやる。一晩でいいから、お前の店に出られるように根回しをしろよ。それこそど素人の晃を引っ張り込めるんだ。お前の一言で俺を一日店に置くぐらい、わけないんだろう」

これこそ売り言葉に買い言葉だ。

だが、さすがにそれはないだろう！　と鹿山が「ちょっ、優さん！」と腕を掴んだ。

「なんだって⁉」

「ただし、こっちにお前の受け入れ態勢はない。たかが皿持ちだが、されど皿持ちだ。お前にどんなルックスや話術があったところで、そんなものは通用しない世界だからな」

優はかけていた眼鏡のブリッジをわざとらしく虐《いじ》ると、鹿山でも嫌みだとわかることを、本気で嫌みったらしく言い放った。

もう、鹿山では収拾がつかない。

凌駕がとうとう優の胸ぐらを摑む。

「ふざけんな！　晃やテメェにできることが、俺にできないはずがないだろう。お前に俺をねじ込める力がないだけだろうに――。この、雇われのぺーぺーが」

「なんとでも言え。その勢いで粗相をされてからじゃ遅いんだ」

「それを言うなら、こっちだって！」

「凌駕！　優さん!!」

鹿山が二人を引き離そうと間でもがくが、身長のために頭一つ分が足りない。

「――いいよ、優。僕が許すから、彼に一日だけ職場体験をしてもらいなよ」

すると、優の背後から少し遅れて美祢が現れた。

「美祢さん！」

彼も私服に着替えている。制服や黒服以上に柔らかい印象になるが、目つきだけは相変わらずだ。この場の誰より挑発的だ。

「ただし、彼の仕事に関する全責任はお前が負うこと。その約束でなら、事務所ではなく、当ホテルが一日だけ彼をアルバイトとして雇う」

案の定――まったく二人を止める気がない。それどころか、煽《あお》った。

これを公私混同というのか、職権濫用というのか、鹿山には判断がつかない。

だが、舞台は用意するが、その後は自己責任と言いきるところに、鹿山は唖然《あぜん》としてしまう。

（え？　こういう場合は、自分が責任を取るから好きにやれとかじゃないの？　責任は優さんが取るの？）

変なところで悩んでしまう。

しかし、鹿山が二人の狭間で頭を抱えるうちにも、凌駕の怒りは増していく。

「なっ！　お前には関係ないだろう」

「関係なかったらここにはいない。少なくとも、僕は今夜、彼らの雇い主側にいる。しかも、ここまでのやりとりはすべて見てきた。だから、優に提案したんだ。優が彼のいる店で一日ホストをするなら、彼にもここで一日配膳人をしてもらったらいいって。互いの仕事を理解するにしても、今以上に見下すにしても、勝負はフェアにやるべきだろう」

「――ふっ。おもしれぇ。それならこの勝負、受けてやるよ」

「え？　何言ってるの、凌駕！　そんな簡単な仕事じゃないよ！」

しかも、あっという間に話がついた。鹿山は驚きすぎて、凌駕の胸ぐらを掴む。

こんなことをするのは、生まれて初めてだ。すぐに気づいて、鹿山は慌てて放そうとした。が、それは凌駕自身が許さない。

「はん。勝敗の基準なんて、あってないようなもんだ。けど、要はどっちが多才かってことより、素人でもやれるレベルかってことだろうからな」

凌駕は鹿山の両手をそのまま掴むと、自分のほうへ引き寄せた。

「ただし。勝者に賞品はつきものだ。俺が勝ったら晃は店に返してもらうぞ」

「なっ！　嫌だよ。そん――、むぐっ」

力いっぱい否定するも、背後から鹿山の口を塞いできたのは、他ならぬ優だ。

「なら、聞くが。俺が勝ったらどうするんだ？　晃は自分の意思で配膳の仕事をやりたがっている。かといって、俺はお前もお前の子分たちも欲しくない。こっちの仕事に転向してほしいなんて、これっぽっちも思ってないんだが」

「それなら土下座でも何でもしてやるよ。皿持ちを馬鹿にして、どうもすみませんでしたってな」

「そんなことはいいから、二度と晃を振り回すな。幼馴染みなんて言えるような付き合いのある相手に対して、子分や下僕扱いしかできないならすっぱり縁を切れ」

(――!?)

驚愕するしかない約束ごとが、本人を無視して交わされていく。

「は！　どこまでも偉そうな奴だな。何様のつもりだよ？」

「さっきも言ったはずだ。俺は晃の仲間だ」

しかも、最後は優が力ずくで、鹿山を自分のほうへ引き戻した。

「突然飛び込んできた晃に仕事を教え、ちゃんと覚えさせ、見事に現場デビューまで導いた。晃にとって、今最も必要とすることを的確に、そして誠実に伝えた配膳仲間だよ」

（優さん……）

鹿山は優の腕の中で、しばらく呼吸ができなくなった。

＊＊＊

最終テストでの合格判定は出たが、大変なことになってしまった。

晴れて香山配膳の一員となったというのに、こんなことになるなんて！

鹿山は、何がどうしたらこんなことになるのか理解ができない展開に、身体も心も追いつかなかったのか、帰宅後には熱を出していた。

〝本当にすみませんでした。俺のせいで、こんなことになってしまって〟

〝いや、いいって。美祢さんから背中を押された勢いがあったとはいえ、実際奴とやらかしてるのは俺だ。それより、俺のほうこそ悪かったな。あんな勝手な約束をして。幼馴染みと縁切りになりかねないようなことまで言って〟

〝――そんな。優さんは俺と凌駕の付き合いを壊そうなんて話はしていないじゃないですか。単に、これまでどおりの付き合いというか、扱いしかできないなら距離を取れって言っただけで〟

氷を入れた小袋をタオルで包んで、額に当てる。

本当なら、すぐにでも眠ればいいのに、気が荒立って眠れない。

リビングでゴロゴロしつつ頭に回るのは、帰りがけに交わした優との会話ばかりだ。

〝晃〟

〝薄々気づいていたというよりは、ずいぶん前から俺自身が一番わかっていたと思います。どんなに幼馴染みだといっても、友達とか親友というような、対等な関係じゃなかった。凌駕にとっての俺は、いつも面倒を見てやらなきゃいけない子分みたいなもので。守ってやる代わりに、好きに使っていい、言いなりにしていい存在だった〟

思いがけず、吐露《とろ》してしまった本心だった。

〝そして、俺は……。そのことに気づきながらも、甘んじていた。凌駕は出会ったときからカッコよくて強くて人気があった。本人も基本的に面倒見がいいというか、親分肌だから、常に周りに人がいないことがなかったし。同性からも異性からもすごく好かれて……〟

自分から目を伏せ、ときには騙し、それを無理矢理よしとしていた、〝嫌いな自分〟を晒《さら》してしまった。

〝俺は、物心ついたときから、小柄で小心で人見知りで。小学校に入るときに、初めて帰国したので、最初は言葉もいまいちで。いつも誰かにからかわれて。けど、凌駕が俺のダチだって言うと、途端にみんな優しくなった。少なくとも、悪質な虐めには遭わなかった。俺は、ずっと凌駕に守られていたんです。そのことに甘えて、本当は言いたいことを半分も伝えなかった〟

勢いと言えばそれきりだが、認めるなら今しかないという切迫感があった。

〝――でも、俺のそんな態度が今のような上下関係を作ったし、当たり前のことにしてしまった。肩書だけの幼馴染みというか……。ただ、都合がいいだけの関係にしてしまった〟

嫌な自分を晒せば、せっかく築いた優との関係が壊れるかもしれない。

仲間だと言ってもらったのに、結果的には離れることになるかもしれない。

しかし、それでも偽り続けることに限界がきていた。

自問自答の繰り返しから、とっくに出ていた答えを無視することができなくなった。

〝潮時――ってことか？〟

優が、美祢が、仲間たちがまっすぐすぎて――。

〝はい。決して誉められた仲というか、関係ではないので。優さんが言ってくれたように、お互いへの考え方を変えるか、距離を置くか。そういう時期にきたんだと思います〟

〝そっか……。まあ、俺が言うのもなんだが、どう転んでもうまく収まるといいな。仮に惰性や腐れ縁だったとしても、二十年近い付き合いなんだろう。これはこれで縁があったってことなんだろうからな〟

〝――はい〟

それでも優は、鹿山に凌駕の悪口は言わなかった。

あいつはなんなんだとも言わなかったし、凌駕という存在そのものも否定しなかった。

俺とは合わないが、それだけだ。他人の関係にとやかく言うことはしない。

少なくとも、お前が付き合ってきた相手なのだから、すべてが悪いわけじゃないだろう。

とことん俺とはそりが合わないだけで！

そういう視点での話しかしなかった。

「縁……か。今日の新郎新婦の来賓たちも、祝辞でいろんな話をしていたけど。不思議なものだな。そもそも失業しなければ、クラブ勤めなんてしなかった。クラブを辞めることにならなければ、店長さんから香山配膳を紹介されることもなかった。そして、香山配膳で仕事を教わらなければ、俺はあんなに高揚する職場に立つことはなかった。凌駕に対して、あんなふうに逆らうこともなかっただろうから」

優は、優たちは自分の価値観や軸になるものがハッキリとしている。だから他人の価値観には振り回されない。かといって、他人の正義は正義として受け入れる。

自分がそれに染まるか否かは、自己責任であって、誰のせいでもない。当然、相手のせいでもない。それがしっかりしているから、何があってもぶれることがない。

そして、見方を変えれば、凌駕もそれは同じだ。優が彼を悪く言わなかったのは、そこは認めて受け入れているからだろう。

鹿山は、なんとなくだが、そんな気がした。

「それにしても——。こんな仕事。こんな制服。派遣程度。あんなに聞きたくないと感じた、言われて腹が立った言葉は初めてだったな」

自分で口にしただけで、体温が上がった気がした。

〝こんな仕事じゃない。こんな制服でもない〟

〝生活の問題じゃないよ。やり甲斐とかそういうことで……〟

今思い出すと、驚くほど感情的になっていた。

あんなふうに感情を露《あら》わにしたのは、自分でも初めてだと思う。

鹿山は、氷を包んだタオルをリビングテーブルへ置いた。

ゆっくり立ち上がると、製図板が置かれたデスクに向かう。

その横の本棚には、高校時代にアルバイトをして購入した、設計専門書などが並んでいる。

大学時代に作った、立体模型の写真を纏めたボードもある。

平面図を見ただけで、立体を想像できるのは、間違いなく勉強してきた成果だ。

「美祢さんは、感心してくれた。心から誉めてくれた。人間、何が役に立つかわからないって、こういうことなんだな」

しみじみと考えてしまう。

そもそも鹿山は帰国子女だからといって、裕福な家庭で育ったわけではなかった。

たまたま父親の仕事で海外勤務の期間があっただけのことで、その父親も鹿山が中学へ上がる前にリストラで職を失った。

しかも、再就職先を探しているときに癌《がん》が見つかり、それから一年後には他界している。

残された鹿山は、それから母親と協力し合って生活を維持し、どうにか希望する大学まで進んで、東京へ出た。無事に就職先も決まり、卒業することもできた。

だが、そこに至るまで働きづめだった、これでようやく肩の荷が下りたと笑った母親に、倒産や、奨学金の返済相談をするのは躊躇われた。まずは少しでも自分で足掻《あが》いてから、努力してみてからと思い、その結果、凌駕の誘いに応じた。凌駕は鹿山と同時期に東京へ出てきたが、一年で大学を辞めたために、さまざまなアルバイトを経て今の店にたどり着いていた。

本人曰《いわ》く「自分には合ってる」らしい。

いずれは自分の店を持つのが夢であり、目標だと口にしているので、いい加減な気持ちでホストをやっているわけではないだろう。

〝二度飯、二度風呂、二度セックス――〟

そう考えると、優もそうとう失礼な発言をしたことになる。

思い返すと、鹿山は顔が真っ赤になった。

もっとも、優の発言は売り言葉に買い言葉でわざと言ったことだろうし、凌駕が配膳業を見下したのは、鹿山が今現在取り組んでいた仕事だからだ。

あれは、あくまでも職種ではなく、鹿山自身を下に見て発したのだと確信しているので、ホテルマンやサービスマンに対して偏見があったわけでもないと思う。

取り巻きたちにしても、おそらくそれは同じで、馬鹿にされたのは、あくまでも鹿山だけだ。

ただ、それを優や美祢が自分のことのように捉えて怒るとは考えなかった。

よもや、こんな短期間のうちに、彼らのような存在が鹿山にできるとは、想像もできなかったのだろうが――。それにしても、おかしな展開だ。

冷静になったところで思い返しても、いい大人のすることではない。

しかし、初めて感情を爆発させた鹿山には、不思議な心地よさが残っている。

とすれば、ときには大人げない争いも、無駄ではないような気はする。美祢が言ったように、お互いが知らない仕事を知るということで、何かが生まれる。少なくとも、優にはマイナスにはならない。きっと、おかしなホスト体験でも、そこから何か習得するだろう。

凌駕の性格では、わからないが――。

「性格的に、机に向かってコツコツ作業するのが適している。人前に出る仕事より、裏でコツコツやるほうが、自分にとって楽かもしれない――なんて、大学の先生たちにも言われて、そのとおりだと思ってたけど、今日はすごく楽しかった。見た目以上に肉体労働なんだなとは感じたけど、今は気持ちのいい疲れしか残っていない」

鹿山は、本棚からドイツ語の辞書を手に取ると、それをパラパラと捲《めく》り始めた。

母国語以外に使える言葉が二ケ国語。これが香山配膳では標準だ。いつからそういうことになったのかは、香山も「気がついたらそうだった」と笑っていた。

だが、少なくとも香山がＴＦの二代目トップになったときには、そういった状態だったというのだから、初めから際立った人間しか集まらなかったし、また認められなかったということだろう。鹿山にとっても今後の課題は山積みだ。

優は「第一段階」だと言ってくれたから、鹿山にとっては「初めの一歩」だ。

「頑張らなくちゃ。何もかもこれからだ」

感情が落ち着いてきたためか、熱も下がったような気持ちになってきた。

鹿山は、もういいか――と、本を棚に戻して、氷を包んだタオルを片づけに戻る。

「それにしても、優さん。本当に一日とはいえ、ニューパラダイスでホストをやるのかな？　さすがに配膳のサービスとは種類が違うし、いくら店長と知り合いでも、こればかりはフォローのしようもないよな？」

タオルを手にして、シンクへ向かう。

「まさか、凌駕に勝つためにお客さんとデート……なんてことまではしないよな？　でも、二度飯、二度風呂、二度なんちゃらって。けっこうさらっと言ってたし。ホストの仕事が、店外サービス重視だと思って、お客さんの誘いに乗っちゃったらどうしよう」

一度は捨てようと思った氷を再び額へ持っていった。

こういうときに、半端に知識があるのは困る。鹿山は、ニューパラダイスに勤めていたがために、おかしな妄想が湧き起こってくる。

「――優さん。インテリでカッコいいし。俺なんか同性なのに、研修中に何回ドキッとしたかわからないし。ニューパラのお客さんって積極的だし、優さんが新人ホストだって勘違いしたら、バンバン誘っちゃうかもしれない」

同じ接客業とはいえ、配膳とホストではまったく違う。

そもそも配膳はサービス業だが、ホストは風俗業だ。それはわかりきったことなのに、気合いを入れて軟派ホストに徹《てっ》した優の姿を想像するのが止まらない。

「そんなことになったら、どうしよう。なんか、また熱が上がってきた……っ」

鹿山は、真っ赤な顔にタオルを当てると、何度となく深呼吸を繰り返した。

だが、自分で「駄目だ」と抑制すればするほど、無駄に身体が火照《ほて》ってきた。

5

翌日の月曜日。

鹿山はお昼過ぎに事務所を訪ねた。

中津川が用意した、正規登録の手続きをするためだ。

（わ！　派遣登録とは名ばかりの正社員待遇だ！　保険も年金も退職金代わりの積み立て制度もある。単に仕事場所が臨機応変なだけで、滅茶苦茶待遇がいい！　ってか、研修の時給だけで千三百円って、何⁉　ニューパラダイスのアシスタント時給より高いよ。しかも、これからの基本時給が千五百円スタートで、半年ごとに昇給査定もある。夏冬にもボーナスって書いてあるけど、これ間違いじゃないよね⁉　ちゃんと奨学金が返せて、生活もできるよ！）

初めからどんな仕事であっても、腰かけでいいとは思っていない。

だが、改めて契約の説明を受けると、鹿山はすっかり引退まで頑張りたくなった。

やはり、優の言ったことは正しい。仕事に夢や人間関係は大切だが、そこにお金が乗っかると、俄然《がぜん》意欲が変わる。登録員に最高ランクのサービスを求めるだけあり、香山配膳の賃金や待遇はそこらの飲食店のそれとは別格だ。

しかも、これは経験のない鹿山の時給であって、高見沢のようなベテランかつ特殊技能を持つと、更に数百円上乗せがされていく。

今朝は下がった熱が、再び上がりそうだった。

（しかも、七時前と二十二時過ぎは時給が五割増しって、どういうこと⁉　ここって、噂に聞いたバブル時代のままなの⁉　だから優さんのマンションって、あんなことになってたの⁉）

鹿山は真っ赤な顔をし、手を震わせながら、登録書類に判子《はんこ》をついていく。

「よく見なよ、晃くん。それ、愛人契約書かもしれないよ」

「え！」

事務員にからかわれるほど、舞い上がっていたようだ。

冗談とわかっていても、鹿山は書類をがっつり読み返してしまう。

「あれれ。社長や専務の愛人じゃ不満なの？　本気で嫌がってるよね？」

香山や中津川を苦笑させつつ、事務員が更に追い打ちをかける。

「そんなことはないです！　でも、それはそれで、これはこれなので」

鹿山の目は、書類から離れない。

（どこにも愛人なんて書いてない！　よかった）

そうして最後の箇所に判子をつく。

「思ったよりしっかりしてるな。これなら安心だ」

「確かに。ただ、この手の冗談を言ったりするお客様もいるから、その調子で断ってね」

「はい」

香山と中津川も、改めてでき上がった書類を見ると、苦笑が本当の笑いになった。

鹿山もからかった事務員から「正式登録、おめでとう」とコーヒーを出してもらって、ホッと一息つく。

だが、それは数分のことで——。

「え⁉　俺は優さんが凌駕を連れて入るマンデリン東京には立ち会えないんですか⁉　というか、すでに仕事に行ってるんですか、二人して」

鹿山は今現在、すでに二人の勝負がマンデリン東京で始まっていることを知り、コーヒーカップを返しそうになった。どうにか粗相こそせずにすんだが、心臓はバクバクしたままだ。

「昨夜のうちに、美祢からも話は聞いてるよ。それで、善は急げってことで、今日にもって話になった。——で、まずは鹿山くんの幼馴染みが優と同じホールに入ることになったんだ」

顔を引き攣らせる鹿山に、中津川がやんわりとした口調で説明してくれる。

美祢を呼び捨てにしているあたりで、彼らが今も美祢とは、事務所の先輩後輩として付き合っていることが窺える。

そう考えると、優や社員たちは美祢を「さん」付けで呼んでいたので、このあたりは出会いの順や立場が関係しているのだろう。何気ない会話にも、いっそう気を配るようになる。

「ただ、月曜だからね。どこも土日や祝日ほど披露宴やパーティーが入ってるわけじゃない。そうなると、幼馴染みくんをホテル側で一日バイトってことにしてもらっても、うちから二人は派遣できない。完全に向こうが予算オーバーになるだろうし、そもそも曜日やシーズンによって忙しさが変わるから、うちみたいな派遣会社を利用するわけだから。ちなみに。タダでもいいから付き添い見学なんて名目では、君を今日のマンデリン東京には送れないよ。そこは正式に登録員になった限り自覚して」

その後も中津川の説明は続いた。それはそうだと納得ができる理由ばかりだった。

「あとは。武士の情けだな。今日の対決、晃は見ないほうがいい。さすがに喧嘩を売った幼馴染みにしたって、場違いなとこでコテンパンにされる姿を見られたくないだろうからな」

しかし、最後に香山が、ある意味本当の理由かもしれないことを明かしてくる。

「コテンパン……、ですか」

昨夜の優の言い方から、なんとなく想像はついた。

「まあ。今日は昼からの披露宴が一本きりだから、終わった頃に迎えに行くぐらいなら大丈夫じゃない」

「ただし、夜は戦場が変わるらしいけどな」

中津川と香山が、今から向かうとちょうどいいと教えてくれた。

鹿山は、その言葉に甘えて、事務所から銀座にあるマンデリン東京まで向かった。

(それにしても、披露宴が一本か。本当なら社員さんでまかなえそう。優さんの派遣さえ、今日は必要なかったかもしれないな……。多分、美祢さんがセッティングしてくれたんだろうけど)

すでに意識は香山配膳の登録員になっていた。自分の給金を知ったことから、鹿山はこれまで以上に香山配膳が担う責任、そして周囲の期待の重さを実感することになった。

（そろそろかな）

昨日訪れたばかりのマンデリン東京だけに、道に迷うことはなかった。

鹿山は裏門に立ち、通用口から出てくる優と凌駕を待っている。

（あ、出てきた！）

見つけたと同時に、手を振った。だが、涼しい顔で手を振り返してきたのは優だけで、凌駕は怒り心頭の様子だ。鹿山の姿を見るなり、走り寄って怒鳴った。

「何が勝負だ、ふざけるな！　人をまともにフロアに出さねぇで。最初の抜栓以外は、裏のデシャップ担当って――。なんなんだよ！　こいつは‼」

（あ……。シャンパンの抜栓なら、毎日やってるもんな。派手な音出しばかりだけど）

案の定、「やっぱり」という結果になっていた。

凌駕が、その場にはいなかった鹿山相手に怒るほどだ。そうとう納得のいかない扱いを受けたのだろうが、それもそのはずだ。シャンパンの抜栓以外は裏仕事だったようだ。ニューパラダイスで言うならカウンターの中どころか奥の調理場、それも洗い場専門だ。

「その抜栓で、音を揃えられなかった奴が何を言う。自分だけ外したってことぐらい、わかってるだろう」

「なんだと」

「毎日やっていることでも、周りと揃えるとなったら、気の遣い方が違うんだ。あれだけサービスはチームワークだ、単独プレイじゃないと注意した。わかってるよと答えたくせして、結果は一人だけ先走ったんだから、文句を言える立場じゃないだろう」

「だからって、デシャップじゃ勝負にならないじゃないか」

「そのデシャップでさえ、今日の人数なら一人でこなせるところだが、二人がかりだ。しかも仕事の大半は社員がやっていた」

「それは……」

ホテルでいうところのデシャップは、ホールで使用した皿やグラスを洗い場に戻す前に、いったん集めて片づけておく、スタッフスペースのワンゾーンのことだ。

来賓の人数にもよるが、だいたい招待客百人以内の披露宴なら、担当者が一人いればまかなえる。だが、どうやら凌駕はそれさえ満足にはこなせなかったようだ。

「デシャップに回って、最初にやったのが飾り皿の破損だ。あれ一枚で三万だ。だが、問題はそこじゃない。お前の声と、皿の破損音が響いたせいで主賓の祝辞が一瞬止まった。そのフォローをしたのは司会者であり、主賓席を担当していたこの俺だ。ついでに言うなら、今日の始末書は俺が書いた」

呆れた口調で返す優の言葉に、鹿山のほうが悲鳴を上げそうになる。

「――ごめんなさい!! 本当にすみません!」

「お前が謝ることじゃない。今日のこいつの管理と全責任は俺にある。そういう約束で、研修一つ受けていない、心構え一つ聞かされたことのないど素人を現場に入れたんだから、それなりの

「覚悟はしていたさ。許可した美祢さん自身もな」

実際、凌駕の代わりに謝罪してしまったが、優の視線は鹿山には向いていない。

頑として、本人を睨んでいる。

「それでもこいつの性格が晃ほど用心深くて謙虚《けんきょ》なら、抜栓の音ズレも皿の破損もなかったはずだ。晃なら経験のないことは、わけを話して他の者に代わってもらう。備品一つの扱いにしても丁寧だ。気持ちの根底に〝こんな仕事〟って感情がなければ、あんなところで失敗はしない。何より、披露宴がお客様にとって、一生に一度の祝宴なんだという意味が理解できていれば、失敗をするにしても別なシーンだ。致し方ない事情だと誰もが納得するような場面でだ」

鹿山が知るかぎり、これまで凌駕はズケズケと言う側であり、言われる側には立ったことがない。ホストになっても、順調だったことから、俺様一直線できたのだ。

それが、意見どころか、面と向かって怒られているのだ。見る間に顔が赤らんでくる。

「わかったか。バーテンもウエイターも、それなりにはこなしたのかもしれないが、その精神レベルで他人様の人生にかかわるのは、おこがましいってことだ。お前の今日の仕事に比べたら、小学生の給食給仕のほうがまだ立派だ。少なくとも、失敗しないように気は遣うだろうからな」

「言いたいこと言いやがって」

「言うのも言われるのもタダだろう。けど、お前が破損した皿代は軽く二十万超えだ」

「っ！」

どんなに言い返したところで、優は饒舌かつ雄弁だ。痛いところを突くことに対して、まったく悪気も抵抗もないので、ぐうの音も出ないことを突きつける。

（に、二十万円……超え。七枚は割ったのか……。いや、軽くだから、もっとか）

鹿山など聞いているだけで、目眩《めまい》がしそうだ。膝から力が抜けてくる。

「ついでに言うなら、披露宴のＶＴＲに入ったお前の変な声と破損音は一生残る。あれを〝これも記念の一つだ〟〝祝辞が止まったときの社長がきょとんとして可愛いかった。二度と見られないな〟と笑って許してくれたのは、司会者のカバー力以上に、新郎新婦や列席者の人柄のおかげだ。そこだけはお前も俺も強運だった」

「――っ」

これは誰が見ても、優の完全勝利だった。というよりは、凌駕の敗北理由がひどすぎる。

鹿山は、どこの誰かもわからない新郎新婦に向かって、「ごめんなさい」と胸中で叫んだ。

どんなにお前のせいじゃないと言われても、きっかけが自分であることだけは確かだ。

「こっちの仕事の結果は、これ以上言うまでもないよな。あとは俺次第だが――。今なら昨日の無礼を許してやらないこともない。きちんと晃に謝り、今後の付き合い方を改めるならな」

「ふざけるな！　そんなことを言って、俺以上に失敗するのが怖いんだろう。ここで俺に謝らせれば、自分がクラブで大恥をかかずにすむもんな！」

「凌駕！」

せめてこれ以上、優に迷惑はかけたくなかった。

どうにか凌駕を落ち着けよう、もう止めようと説得を試みた。

「るせぇよ！　この裏切り者」

「——凌駕」

だが、今の凌駕に聞く耳はない。

鹿山には自分の行動が裏切りだとは思えないが、凌駕にはそれ以外の何ものでもないらしい。

こればかりは、解釈が違いすぎて、どうしようもない。

「心構えだかなんだか知らねぇが、クラブだって一期一会《いちごいちえ》だ。たとえ常連客が相手であっても、同じ夜は二度と巡ってこない。面《つら》がいいだけ、サービス精神がいいだけ、綺麗な姿勢で皿持って歩けるだけじゃ通用しねぇんだよ！　客は満たされた分だけ、ホストに金を出す。常に評価をしてくる。それがどういうことだか、今度はお前が思い知れ。決められた仕事だけを忠実に再現できればいいってもんじゃないんだからな！」

彼が、あとに引けない性格なのは、鹿山も十分知っている。

しかし、それにしても優に対する凌駕の態度は乱暴だった。

性格が合わないのはわかるが、余裕がない。まるで親の敵《かたき》でも見るようだ。

「その言葉。あとでお前にもう一度言わせてやるよ」

「っ!!」

いや、この場合。優のほうに余裕がありすぎるだけなのかもしれないが——。

（優さん……）

それにしても、優も優で、わざと凌駕を煽っているようにしか見えなかった。

「じゃあ、この続きは店で」

「優さ……、っ⁉」

こうなると、凌駕ではなく、優を止めたほうが早いのかと思うが、追いかけようとしたところで、鹿山は凌駕に腕を取られた。

「夜は逃げずに見に来いよ、晃。あの野郎、絶対に思い知らせてやる」

これは、なるようにしかならないのだろうか？

自分ではもう、どうすることもできないのだろうか？

「――凌駕」

鹿山は、凌駕に言われるまでもなく、今夜は店に行くつもりだった。

だが、それは二人の対決を見届けるためではない。

あくまでも、無駄な争いを止めるためだったが――。

＊＊＊

新宿歌舞伎町の一角にある七階建ての雑居ビル。各階にはそれぞれいくつもの店が入っていたが、その中でもニューパラダイスだけは一階のワンフロアすべてを使用し営業を展開していた。

「いいか、お前ら。ただの派遣ウエイターに負けるなよ」

「はい！」

黒と赤、そしてシルバーを基調にした店内には、営業開始時間になるとミラーボールが回り、軽快なジャズが流れる。

入り口からフロアまでの通路の壁には、ホスト全員分の名前入り写真が飾られるが、その大きさはナンバーワンからテンまでの間でも大分違う。

それ以下はポストカードサイズになり、上下関係は一目瞭然だ。

ホストになってすぐトップテン入りした凌駕が、ナンバーワンになってすでに一年近くになる。

鹿山が見た限り今のニューパラダイスは凌駕の城だ。彼が不動のナンバーワンなのだ。

「いつもこれぐらい一致団結してくれると有り難いんだけどな」

「店長」

それにしても、こんな騒ぎを持ち込まれたにもかかわらず、宗方はとても機嫌がよかった。

従業員全員が、変なテンションでお祭り騒ぎになっている。普段はいくつかの派閥に分かれているホストたちが、今夜ばかりは打倒よそ者で団結している。

鹿山から見れば、小学生の虐め集団のようだが、宗方にとってはこれでも有り難いことらしい。

いざとなったら自分が優を庇えばいいと思っているのか、カウンターの中でクスクスと笑いながら、開店準備に余念がない。

「あの野郎。開店から閉店までアシスタントにしてこき使ってやる」

バースデーイベントでしか着ない一張羅をまとった凌駕は、もはやお山の大将さながらだ。カランカランと、入り口の扉に設置されたカウベルが鳴り響くと、誰より早く視線を向ける。

「早速、来たか」

「常連にメールしまくりましたからね」

「いらっしゃいませ」

取り巻きたちが、早速ドア引きに向かい、出迎えた。

まだ開店前だが、宗方も音楽をかけ、ミラーボールを回す。

「え⁉　失礼ですが、どちら様のご同伴ですか？」

ただ、開いた扉の向こうにいたのは、スーツ姿の男性だった。それも、パッと見ただけで、十人近くいる。

女性客メインのクラブではあるが、同伴者であれば男性客も受け入れるニューパラダイス。

とはいえ、団体で男性客が先に来るのは、鹿山も初めて見た。

「ユウさんは？　今夜は一夜限りの復活祭だって聞いたから、手伝いに来たんだけど」

「まだ来てないのか？　ってか、本当にここが元硝子の月《クリスタルムーン》？　改装したのは知ってたけど、派手な作りになったたな」

「――ん。これはこれで悪くないけど、品はなくなったな」

しかも、よく見ると彼らは同業者のようだ。取り巻きたちを押し退け、ぞろぞろと中に入ってくるが、鹿山が両目を力いっぱい見開くようなナイスガイ揃いだ。

（何、これ？　どこかのクラブの人たちが、乗っ取りに来たの？　だとしても、なんか凌駕たちとは感じが違う。年齢が高いからっていうだけでなく、落ち着きも品も全然違う。っていうか、

店長！　どうしよう）

　鹿山がワタワタしながら両手を振るが、宗方はカウンターからは出てこない。

　気づいていないわけはないが、完全に無視だ。

「なんだよ、お前ら。ユウって誰だよ。来る店を間違えてんじゃないの？」

　そうでなくても、従業員全員が血気盛んに輪をかけている今夜。凌駕が前へ出ると、店内の空気がガラリと変わる。完全に喧嘩腰だ。

　そんなときに再びカウベルが響く。

　全員がいっせいに、それもおもしろいぐらい同時に視線を向けた。

「なんだ、この内装は。見る影もないな」

「ユウさん！」

「お前――っ!!」

　今宵の月を思わせる、シルバーグレイのフロックコートに身を包んで現れたのは、眼鏡を外して、ざっくりと前髪をサイドに流した優だった。幾分前を開いたシャツから覗く鎖骨《さこつ》が艶《なま》めかしく、またかき上げた髪の側にのみ着けられたイヤーカフの五連ダイアが、その大きさのグラデーションから、三日月のような煌《きら》めきを放っている。

　だが、それだけだ。優には、他のホストたちのように指輪や時計といった派手な装飾は一切ない。

　しかし、それが逆に優本人を光らせ、輝かせている。彼の首筋のセクシーなラインに、むしろネックレスのようなものは邪魔にしかならないからだ。

「優……さん」

鹿山は半信半疑で更に目を凝らした。

チワワのようと称した視線を感じたのか、優のほうも気づくと振り返る。

ニヤリと笑ってきた。

（あ、あの笑い方。俺に十キロのトレンチを持たせて、あと五分なって言ったときと同じだ）

やはり、間違いはない。ユウは優だ。源氏名として読み方を変えているだけだ。

ホテルでのインテリジェントな黒服姿とは打って変わったが、ときおり覗かせるクールな眼差しに、嫌みなほど整った鼻筋や唇は、そうそうお目にかかれるものではない。

何より高い腰の位置と引きしまったウエストを強調するジャケットは、女性でなくとも目が釘づけになる。今日までさして意識することもなかった鹿山の体型コンプレックスを、チクチクと刺激する犯罪レベルだ。

「ユウさん。待ってましたよ」

「どうした、お前ら。俺はヘルプなんか頼んだ覚えはないぞ。店も休みじゃないだろう」

「今夜の話が耳に入ったら、店にお客さんなんて来ませんよ。それこそユウさん一人じゃ捌《さば》ききれないだろうから、今日は休みにしてお前らも来ちゃえばって言ったのは、宗方さんだし」

（店長⁉）

しかも、更に話がおかしなことになっている。

「――お前。勝手に祭りにするなよ」

「稼ぎ時は外さないようにって、オーナーから言われてるんでね」

ようやく宗方がカウンターの中からフロアに出てきた。

二人が知り合いなのはすでにわかっていたが、鹿山はなんの疑いなく、ホテル関係での繋がりだと思っていた。

だが、それは香山たちと宗方の間のことで、優とはクラブ関係での繋がりのようだ。

しかも、年齢は宗方のほうが明らかに上だが、態度は優のほうが偉そうだ。晃には二人の関係性が、よくわからない。

(え？ そしたら、優さんも店長に紹介されて、香山へ入ったの？ 元が素人とか、彼なら俺の気持ちもわかるとかって、そういう意味だったの？ ってか、だとしても、これは何？)

ただ、そんなことより鹿山が気になったのは、二人が並んだときのバランスの良さだった。

一人で立つより一緒のほうが、それぞれの個性がいっそう際立っている。理屈抜きに素晴らしい絵面だと思うのに、どうしてか眉間に皺が寄る。自然と口もへの字だ。

「しょうがないな。まあ、おかしなことに巻き込んで、店には迷惑をかけるからな。その分ぐらいは稼がせるが——。ボトルの補充はしてあるんだろうな」

「もちろん。ドンペリ、ロマネ、ルイ、ナポレオン。普段は棚に入れない、最高ランクの銘柄まで揃えてある」

「なら、今夜中に棚を空にしないと、明日からの仕入れにかかわるな」

「そういうことだ」

「了解」

しかも、こうなると優の独壇場《どくだんじょう》だ。店長である宗方が、今夜は彼に合わせていると発言したのだから、淩駕たち従業員が戸惑うほどだ。

カランカランと、三度目のカウベルが鳴る。

「いらっしゃいませ――!?」

従業員たちが声を上げると、今後こそ女性客が三名ほど入ってきた。

だが、いずれも淩駕たちには初見だ。鹿山から見ても、明らかに客層が違う。

「やだ。何この内装。お店を間違えた?」

「本当にここでいいの? 今夜の復活祭って」

店内へ入ってきた女性たちは、三十代から四十代のマダムふうだった。そのうち一人は着物姿だったが、水っぽさはない。お茶かお花を嗜《たしな》んでいそうな、良家のご婦人らしい。

優がすかさず前へ出る。

「いらっしゃいませ。今宵《こよい》のお相手はお決まりですか?」

「ユウ!」

「嘘、本当。ここでよかったのね」

「それよりもう一回言って、今の決め台詞」

三人の両手がいっせいに優の腕や胸元に伸びた。

優はそれを当然のことのように受け止めるが、鹿山は内心悲鳴を上げた。

「今宵のお相手はお決まりですか?」

「もちろん。今宵はあなた以外、お断りよ」

「そういうわけにもいかないと思いますけどね」

「相変わらず意地悪ね」

(な、何これ。優さん、めっちゃタラシなんですけどぉっ!)

優と女性客が作り出す世界が、普段のニューパラダイスとは違いすぎた。

どちらかといえば、若さや活気、勢いが売りの凌駕たちとは真逆と言っても過言ではない。

だが、遊びに徹したアバンチュール感が強烈なのは、完全に優のほうだ。

年齢的な差があるのは否めないか、鹿山の目から見ても、深みが違う気がした。

これは女性側も遊びを遊びと割り切れる強者《つわもの》たちだからだろう。続けざまにカウベルが鳴り、新たに「復活祭ってここよね?」と入ってきた女性たちも、印象はまったく同じだ。

「あ、晃。速攻でシャンパンタワーの追加を用意したいんだけど、手伝ってもらっていいか?七段でいいから」

「は、はい。店長」

鹿山は宗方に頼まれ、指定されたテーブルにシャンパンタワーを作り始める。

(シャンパンタワーってひと晩にいくつも必要なものだっけ? 追加って、すでに二つ用意されてるのに、まだいるの?)

こういうものはメインイベント用に一つなのではないだろうか? と思いながらも、鹿山は手

際よく作っていく。

するとと、自主的にヘルプホストとしてやってきた男たちが、カウンターにやってきた。

「宗方さん。乾杯用のタワーを二セット、お願いします。できればお二方ともゴールドでって話ですけど、ありますか？」

「当然だ。稼ぎ時は外さないからな。コネを使いまくって集めたさ」

こんなオーダーは初めて聞いた。鹿山は「これって個人のお客様がオーダーしたものなの？もしかして、振る舞い酒⁉」と耳を傾ける。

「ドンペリのゴールド⁉　ピンクじゃないのかよ。だいたいゴールドって、そんなに出回らないよな？　価格だってピンクの何倍もするし」

「それより、さっきの――今宵のお相手ってフレーズ。以前ここにあった、硝子の月の決め台詞じゃなかったか⁉」

「硝子の月って、老舗の超高級クラブだよな？」

「そうだ！　新宿の客層が大分変わってきたからって。客のリクエストもあって、銀座のマンデリン東京内に会員制クラブとして移転したあれだよ。それこそ宗方店長が現役時代にナンバーワンをやってた、レジェンドクラブ！」

完全に置いてきぼりを食っている凌駕の取り巻きたちが、いっそうざわめき立つ。

すると、冷えたドンペリニヨンのゴールドラベルを手にした宗方が、カウンターから出てきた。

「いろいろと気づくのが遅すぎだ。何がどうしてこんなことになったのかは知らないが、お前らも人を見る目がないな。ってか、鈍いな。普通は本能的に避けると思うんだけどな、自分より、明らかに上にいる同業者は。それともユウの変身ぶりが見事すぎたのか?」

「……店長」

「凌駕。お前もここに来て二年近く経つ。硝子の月ぐらい知ってるだろう。ニューパラの改装前の店だったってこと以外でも」

　鹿山の作ったシャンパンタワーの確認をしつつも、すっかり手持ちぶさたになっている凌駕たちを目配せで集める。

「はい。この界隈にも元硝子の月出身っていうマスターは何人もいますから。品・格・値段のすべてにおいてトップクラスっていうのは、何度も聞いてます」

「そしたら、ついでに覚えておけ。お前が〝やれるものならやってみろ〟と喧嘩をふっかけた相手は、硝子の月で〝最後の月の帝王〟と呼ばれた元ナンバーワンホストだ。移転を機にホスト業からは足を洗ったが、常に俺の上にいた。一晩でお前のひと月分は軽く売り上げていた男だ」

「っ!」

　驚きを隠せずにいる凌駕たちを尻目に、すでに接客を始めている優たちを見る。

　その目はいつになくギラギラとしており、鹿山は優たちに刺激されているのかと思った。

「もっとも、硝子の月とじゃあ客層も単価も違うから、これぱっかりは……だ。しかし、逆を言えば、今夜の復活祭にユウ目当てで来るような客は、本来ここでは会えない客だ。ボサッとしてないで、一人や二人ものにするぐらいの根性を見せろ。ここはお前らの店だろう。そしてこの店のナンバーワンは、凌駕。お前だろう」

元硝子の月のナンバーツーが魔性の笑みを浮かべる。

だが、元は元であり、今はニューパラダイスの店長でありマネージャーだ。彼が気前よく優に店を貸しているのは、親しいからだけではない。また、懐かしさからだけでもない。

今後の売り上げを伸ばすため、何より人気不動の期間が長すぎて、伸びしろが見えなくなっていた凌駕を叱咤《しった》し、鍛《きた》え直すためだ。

「――はい！」

（宗方店長……）

鹿山は、これまで接してきた中で、今夜の宗方が一番打算的でずる賢く見えた。

しかし、それ以上に職務に徹し、また持ち前の能力を存分に発揮《はっき》し、心から仕事を楽しんでいるようにも思えた。それがとても魅力的だった。

（これまで見てきた中で、一番生き生きしてる。すごく怖いけど、綺麗な笑顔。久しぶりにホストとして現れた優さんに刺激を受けているのもあるんだろうけど……）

優は、用意されたシャンパンタワーで、一夜限りの復活を告げる。

乾杯の音頭と共に、彼のためだけに足を運んできた客や元同僚たちにお礼を言いつつ、今夜は最高の接客をすることを約束した。

女性の一人が、新たなボトルをオーダーする中、カウベルが鳴る。

「ユウ！　久しぶり」

「会いに来たわよ。懐かしい」

この分では、本来の開店時間を迎えた頃には、復活祭目当ての客だけで満席だ。

当然、優一人で全員を相手にはできないが、そこはヘルプや凌駕たちをうまく使う。

宗方の狙いも理解しているのだろう、それとなく凌駕を客たちに紹介し、持ち上げることも忘れない。一ヶ月店でアシスタントをしていただけの鹿山でさえ、見てわかる実力だ。

(最後の月の帝王――か)

しかも、優がスマートなのは女性の扱いだけではない。本来ならばライバルだろう、同僚に対してもうまかった。

(でも、そしたら、優さん。二度飯、二度風呂、二度なんちゃらって、自分のことだったのかな？経験から出た言葉ってこと？)

ただ、昼夜通して完全勝利を収めた優ではあったが、鹿山は時間が経つにつれて、頬がふくれてきた。そもそもこうなったきっかけは、嫌と言うほどわかっていたが、これまでとは違う想像が鹿山の機嫌を損ねていった。

勝手な妄想ではあったが、月の帝王ではなく、寝間《よる》の帝王だろう――とも、思ってしまった。

優と凌駕の職場体験勝負ホストクラブ編は、いつの間にか〝一夜限りの復活祭〟と称されて、盛況のうちに送賓となった。

ホストクラブはひと昔前とは違う。たびたび入る法改正もあり、深夜営業に対して厳しさが増したことから、ニューパラダイスは終電に合わせてクローズすると決めている。

その上で、看板や表の照明を落として、中で始発まで接客していることもあるが、それは週の半分もない。

今夜は特に客層も違うことから、むしろ終電にも余裕があるぐらいの時間に、店の灯りは落とされた。

それでも開店時間前から飲み始めていたことを考えると、五時間は飲んで騒いで盛り上がっていた。

どことなく全員に疲労が窺える中、最後まで満面の笑みだったのは、レジ締めを楽しみにしていた宗方だけだ。どれほど彼の算段が正しかったのかは、空ボトル、またはネームプレートがかけられて取り置きとなった高級ボトルの数が証明していた。

「よかったら今後も、宗方率いる凌駕たちのニューパラダイスにも足を運んでください。ホストの平均年齢はここのほうが低いので、向こうとはまた違うエネルギーがあると思うので」

「わかったわ。じゃあ、今夜はありがとう」

そうして最後の客を見送った。終電車も何も今夜の客たちは、タクシーを呼ぶか、自宅から黒塗りの車が迎えに来るかのどちらかだった。

いつもと違う様子に、近隣のクラブからマスターが出てきて「今日は何？」と聞いてきたほどだ。

そうして、優に会うのを第一目的としたヘルプホストたちも、二次会を強請るでもなく解散していく。

「そりゃないですよ。俺たちだってまだまだ若いですって」

「見栄を張っても、平均年齢三十代と二十代前半の差は超えられないよ。というか、その差をあえて作ることで、オーナーはそれぞれの店の個性を分けたんだから、そこをうまく生かすのも務めだろう」

「ここへ来て説教までされたのに、懐かしい～とか思っちゃうのは、ユウさんならではですね」

「どれだけ説教魔なんだよ、俺は」

「小言もナンバーワンってことで！　じゃあ、たまにはこっちにも遊びに来てくださいね。同じホテルにいるのにつれないって、たまにぼやいてますよ。マスターが」

「そのうちな」

彼らの懐には、本日の出張費として大入り袋がしまわれている。

さすがに宗方もただ働きはさせなかった。店を休みにさせてこちらへ来させた分ぐらいは、売り上げからきちんと支払っている。

そして、この大入り袋は、凌駕たちにも配られた。

今夜、ホストとして接客した者の中で、これを手にしなかったのは売り上げた本人の優一人だけだ。当然のように、宗方や客からも別途料金は受け取っていない。

――今夜は遊びに来ただけだから、タダ飲みだけで十分だよ。昼の仕事ではもらってるし。

ここは優自身の線引きであり、けじめのようだ。

サービスマンとしての労働費は受け取っても、ホストとしては一円も受け取らない。

「どこまで俺を貶《おとし》めたいんだろうな、奴は。ここまでフォローされるなんて、木っ端微塵《こっぱみじん》に叩きのめされるより腹が立つ」

だが、ここまで徹底的にやられると、凌駕も素直に白旗《しろはた》を揚げた。

宗方に煽られたことで痛感したことが多々あったようだが、自分の未熟さを反省したようだ。

「優さんがそれをしたのは、勝負やマウントのためじゃないよ。お客様の気分を上げるためだし、今後の凌駕たちやニューパラダイスのお客様に迷惑をかけないためだよ」

「晃」

宗方から大入り袋を渡されて素直に受け取ったこと自体が、凌駕の性格からすれば「すみませんでした」に相当する。

それは宗方もわかっていただろうが、凌駕はきちんと言葉にも出して謝罪した。

嘗めてかかっていてすみませんでした。これからは心を入れ替えます——と。

それを見ていた鹿山は、「わかればいいよ。期待してるからな」と笑って許した宗方もすごいが、こうなるように仕向けた優もすごいと思った。

優は最初に鹿山と話しているので、出会った瞬間から凌駕が宗方の管理下にあるホストだとわかっていたはずだ。

だからこそ凌駕や取り巻きの態度から、宗方自身が嘗められている、そこは店の成り立ちとしてまずいと感じたのだろう。

そう考えると、配膳や派遣、マンデリンを馬鹿にされたから動いただけではなく、優にはホストの先輩として、凌駕に伝えたいこともあったのかもしれない。

「ホテルだろうが、クラブだろうが、目の前にいるのはお客様だ。個人的な勝負のために、一番大切な存在をないがしろにするなんてできない。いや、しちゃいけないことだ。だから、きっと優さんは勝負の行方《ゆくえ》がどうなったとしても、お客様の気分だけは死守したと思う。決して嫌な気持ちでは帰さない。最高の気分で帰す努力をしたって――」

鹿山は、改めて接客は奥が深い世界だと思った。

だが、人間相手なのだから、これは考えるまでもなく当然だ。

当然すぎて、ときにはよく見えなくなることがあるだけで――。

「何、生意気なこと言ってんだよ」

「うん。俺、本当は生意気だよ。凌駕に嫌われたくないから、今までこういうことは言わなかっただけだよ」

「――!?」

凌駕は、唐突に返された言葉に、一瞬息を呑んだ。

まっすぐに鹿山を見下ろしてくると、嘘だろう？　という戸惑いも覗かせた。

しかも、ここで鹿山がニコリと笑ったものだから、唇を噛みしめた。

そして、吐き捨てるように言う。

「なら、もう嫌われてもいいから、言いたい放題ってことか」

「そうじゃない。本当の意味での幼馴染みに、ちゃんと対等な友達になりたいって思ったから、嘘をつくのをやめただけ。凌駕にも。自分にも」

「ふんっ。何言ってるんだよ。あんな野郎の影響受けやがって。要はあれだろう。自分にどこまでも優しいお仲間ができたから、それでいいやってことだろう！」

鹿山は視線を逸らさなかった。

凌駕の視線は昼とは違った。すでに鹿山のことも見下してはいない。

「――そうだね。それもあるかもしれない」

「なんだと⁉」

むしろ、初めて執着《しゅうちゃく》を覗かせた。

〝ああ。俺もお前がいると心強いしな〟

あれはあれで本心だったんだろうと、今ならわかる。

きっと、幼馴染みだからこその甘えだったんだろう。

ただ、鹿山とは甘え方が違っただけで――。

「だって俺は、飼い主がいればいいペットじゃない。自分を下に見る相手より、対等に見てくれる人を好きになるよ。本当は見上げるぐらい高いところにいる人なのに、ちゃんと目線を下げて相手をしてくれる。俺のためを思って、自分から遜《へりくだ》るなと叱ってくれる。そういう人を好きになる。うん――。確かに影響されたかも。俺、優さんみたいな人には初めて会ったから」

「……晃」

鹿山が胸中のすべてを言葉にすると、凌駕は呆然《ぼうぜん》と名前を呼んだ。

ここまではっきり言われて返答に困ったようだったが、鹿山はかえってそれでいいと思えた。

自分はすでに「対等の友達になりたい」と、凌駕に言った。

別に優を好きになったから凌駕を嫌いになったんだとは言っていない。

この先、どういう選択をするのかは彼の自由だ。好き好きだ。

こればかりは、もう凌駕任せなのだから、鹿山は最後まで笑顔でいられた。

「晃。そろそろ帰るぞ」

店の隅で話していた二人に、優が声をかけてきた。

「優さん」

「それともそいつとよりを戻すのか？　香山を辞めて、この店に戻るか」

喜び勇んで振り返るも、妙なことを言われて驚いた。

「え⁉　どうしてですか？　俺はもう香山の人間です。ちゃんと契約もすませましたよ」

「――ならいいが」

そう答えた優の視線が、鹿山の横を通り過ぎて、凌駕の不機嫌丸出しのそれと絡んだ。

その瞬間、凌駕はプイと顔を背ける。

「本日はお疲れ様でした！　誰か、酒持ってこい！　飲み直すぞ」

「はい！」

「あと、晃。今度同窓会の件でメールするから。気をつけて帰れよ」

「――わ！　わかった」

顔こそ背けたままだったが、思いがけない凌駕からの声かけに、鹿山の表情がいっそう明るいものになる。

「ヘタレが」

「え？」

「なんでもない。行くぞ」

「はい」

ぼそりとぼやいた優の言葉が、いったい誰に向けられたものなのかは、わからない。

ただ、凌駕が発した「お疲れ様」が優に対してのものだということだけは、わかった。

優はそうとは思っていないだろうが、これこそ幼馴染みだからこそわかる凌駕の性格だ。

鹿山はこれだけでも嬉しかったが、いずれ送られてくるメールの確約までもらうと、スキップでもしそうな勢いで店から出る。

周りの店もニューパラダイス同様、表向きは閉店している。

「電車は間に合うか？　明日の予定が決まってないなら、うちに泊まりでもいいぞ」

「本当ですか。でも、まだ電車はある――っ！」

だが、数歩歩いた矢先、漆黒のフェラーリが走り込んできた。

ちょうど鹿山と優の前にピタリと停まり、驚いて足がもつれた。

「晃」

咄嗟に抱き留められて、鹿山は胸がキュッとなる。

今夜は進められるままお酒も飲んだので、酔いもあったかもしれない。

「今晩は。ごめんね。驚《おどろ》かした？」

「季慈《きいつ》さん」

（——え⁉）

しかし、ここで鹿山の胸はキュンどころではなくなった。

漆黒のフェラーリの中から、優の知り合いらしい男性が降りてきたのだ。

「遥が気にしていたから、一応寄ってみたんだ。昼夜の接客対決は無事に終わったの？」

どことなく優と似ているところがあるが、年齢は少し上そうだ。

ただ、鹿山がここ最近で一番目をまん丸くし、尚且つ早鐘《はやがね》のように鼓動を高まらせたのは、季慈の顔から声から口調のすべてまでもが〝甘い〟と感じたからだった。

スラリと伸びた長身に高い腰、ハーフかクオーターを思わせる日本人離れした彫《ほ》りの深い美顔。まるで、銀幕から現れたハリウッドスターのような存在感。

だが、容姿だけなら鹿山はすでに優に出会ったことで、免疫ができたと思う。

香山配膳でもホテルでも、そして今夜のクラブの状況からも、すでに標準がわからなくなるほどのイケメン祭りだった。その中でも目立つのだから、優が卓越して優れているのだ。

しかし、この出会った瞬間に腰が砕けそうな〝甘さ〟だけは別ものだった。

背後に従えた、土地付き一戸建て相当のスポーツカーも、こんな換算しかできない鹿山には、衝撃以外の何ものでもない。

(やっぱり俺、騙されてるんじゃないのかな？ でも、そしたら誰がなんのために？)

だからといって、ここまでくると、疑心暗鬼《ぎしんあんき》が復活する。

鹿山はすっかり口を噤《つぐ》んだまま、優に身を任せていた。

「はい。このたびはご心配をおかけしてすみませんでした」

「いいよ、別に。遥に煽られたからだろう。それに、その気合いの入った姿を見る限り、全戦全勝で決着がついたんだろうから」

「いえ、それは——。昼間のほうに関しては」

「ああ……。そうか。けど、どんなに気をつけていても、トラブルやハプニングを百パーセント回避することは無理だ。誰がどんなミスをするかは誰も予想ができない。超能力者じゃないんだから」

途中に入った〝遥〟とは美祢のことだろうか？

内容からすると、美祢遥のような気がするが、だとしたら季慈は何者なのだろうと思う。

香山たちのように昔からの知り合い——とは雰囲気が違うようだ。

「ただ、そういうときに求められるのは、最小限の被害で止める対応能力だ。今日のことは、臨機応変に立ち振る舞えるように意識する、考える素材にすれば無駄にはならないよ。まあ、今回はリハーサルだったからよかったけどね」

「はい。ありがとうございま——、リハーサル？」

しかも、ここへきて優まで驚くような事実が発覚した。

「二人の対決の責任は優が取る。けど、ホテルの信用を守り責任を負うのは遥の役目だから。さすがにお客様の披露宴を私的には使えないよ。まあ、それにしたって、遥が昨夜から準備に張りきって大変だった。この際だから、素人の研修の必要性と、トラブルの対処方法に関心のあるホテル経営関係者の参加求むで、集まったのが今日の来賓二百名と新郎新婦役だ。みんな、いい勉強になったみたいだよ。接客経験のあるバイトでも研修は必要って。ここは、何を今更って話だけど」

季慈はこともなげに言ってくれたが、鹿山はもう絶句だ。

(リハーサル――。今日の披露宴が、実はお試し⁉　あそこでフルコースの披露宴っていったら、何百万円もかかるのに。こんな大がかりなことをする人なの？　美祢さんって！)

「そう――でしたか。それなら、はい。よかったです。多分」

優も、これには返答に困っている。

ホテルの評判を下げる心配がなくなった、迷惑をかけられた客もいなかったのはいいが、心からああよかったとは思えないのだろう。

「ところで、彼が晃くん？」

「え⁉　はい」

「初めまして。橘季慈です。話は遥や香山社長から聞いてるよ。配膳の仕事、始めたばかりなのにすごく飲み込みがいいんだって」

鹿山はいきなり話しかけられて、いっそう優に身を寄せた。

季慈が怖いとか、恐ろしいとかそういうことではない。だからといって、恥ずかしいというわけでもないが、強いて言うなら、耳にまとわりつく声が背筋をぞくぞくさせるので、逃げ腰になった状態だ。

すると、鹿山を支える優の両腕に力が入った。

そうでなくても高鳴り続ける鼓動が、いっそう速く、強くなる。

「いえ、そんなことは……」

「こういうときは、謙遜《けんそん》するより周りの評価は素直に喜んで。そして、その感情を自信や今後の努力に変えてもらえると嬉しいな。人間って不思議なもので、自分の好き嫌いや、費やしてきた時間とは無関係なところに、天分や適正が見つかることもあるからね」

「――好き嫌いや、費やしてきた時間とは無関係なところ……ですか」

「あとは、相性も」

「相性……」

やんわりふんわりと叱咤激励をされて、極上の笑顔でトドメを刺された。

鹿山は瞬《まばた》きをするのさえ、忘れてしまった。

「じゃあ、優。また近いうちに」

「はい」

用件を終えると、季慈は再び漆黒のフェラーリに乗り込み、夜の歌舞伎町を去って行く。

優は車体が見えなくなったところで、鹿山が支えていた両腕を解く。

「行くぞ、晃」

「……」

「晃」

「あ、ごめんなさい！」

ハッとして声を上げた。鹿山はようやく現実に戻ったような顔をしたが、優のほうは溜息をついて、ムスッとしている。

とりあえず、駅へ向かって歩き出す。

「えっと。それで、今の方って？」

鹿山は一歩遅れてついていった。

橘季慈。同じ苗字と、優への接し方からして、親戚のお兄さんかな？　とは思った。

「硝子の月のオーナーにして、ニューパラダイスのオーナーだ」

「え⁉」

「つまり、硝子の月を新宿からマンデリン東京内に移転させたあとにオープンさせたのが、ニューパラダイス。宗方が店長兼マネージャーとして店を預かったのは、もとはマンデリンの社員からのホスト転向者で、硝子の月でも信頼があったこと。あとは、万が一にも移転を知らずにお客様が来店した場合に適切な対応をするためだ」

するとと、鹿山はまた予想を軽く飛び越えられた。

宗方が雇われた店長なのだから、オーナーがいても不思議はない。

だが、あの宗方に「稼ぎ時は外すな」と言っているのが季慈なのかと想像すると、何か怖い。

怒った美祢とはまた別の恐ろしさを感じた。

「とはいえ、クラブ経営は無数に手がけている個人ビジネスの一つで、本業はホテル・マンデリン東京を含む、国内でも五指に入る巨大複合企業・橘コンツェルンの総帥《そうすい》だ」

「総帥？」

「説明しきれないほどある多種多様な業種の会社社長たちを取り仕切る一番偉い人だよ。マンデリンの社長たちも、晃が住んでる夢《ゆめ》ヶ丘《おか》の一帯を開発した建設、不動産会社の社長たちも、季慈さんから見たら全員部下の一人ってことだ」

しかし、優の説明は更に異次元的になっていく。

美祢の肩書だけでも別世界だと思った鹿山には、ここまでくると絵空ごとだ。土地付き一戸建てのフェラーリぐらいで止まってくれるほうが、まだ現実的だったたと思い知る。

「――え⁉　ってことは、近所にある聖志館《せいしかん》大学とかオレンジモールとか、全部合わせたグループで一番偉い人ってことなんですか！」

「そういうことになる」

「それなのに個人ビジネスでクラブ経営⁉」

ぐるりと一周回った気がしないでもないが、ここまで来るとクラブ経営でも現実的だ。

クラブオーナーの愛車が漆黒のフェラーリ。きっと麻布《あざぶ》あたりにマンションも持っているに違いない。鹿山の理解はこのあたりが限界だからだ。

「橘コンツェルンには軸になっている事業がいくつもあるが、中でもマンデリン系列に力を入れているんだ。結局、何をするにも対人スキルや接客サービスは切っても切れない部分だ。だから、経営一族に生まれた跡継ぎたちは、必ず最初にホテル事業から叩き込まれる。けど、それならホテル的な健全接客だけでなく、本音が飛び交う夜の店の接客のノウハウも知っておきたい。欲を言うなら国内セレブやVIP層との関係も築きたいってことで、それなら新宿に高級ホストクラブをオープンするかってノリだったらしい。ただし、オープン当時本人がまだ高校生だったから、表立って動いたのは側近たちらしいけどな」

鹿山は足早に歩いて、優の隣に並ぶ。

「――高校生がホストクラブのオーナーですか。でも、それなら銀座っていう発想にならないのは、あ――。マンデリン東京が銀座にあるからか」

「いいや。銀座で遊興《ゆうきょう》に耽《ふけ》るようなセレブ、VIPなら、すでに面識があるから新たな出会いには繋がらない。しかも、当時はバブル全盛期だ。いろんな客層を見るっていう視点からも、歌舞伎町って街がおもしろかったらしい」

「ああ……。場所選びにも理由があるんですね。すごいな……」

ふと、鹿山は夜空に浮かぶ満月を目にした。

いつになく鮮やかに見える。

先月は、こんなことでやっていけるのだろうかと思いながら、ニューパラダイスの帰りに見上げた。ネオンに紛れて、見失いそうにもなった。それが、同じ場所から見る月なのに、景色なのに、こんなにも感じ方が違って足取りが軽くなる。

「すごいって言うか、なんて言うか――。あの人はもう、別格だよ。俺も仕事柄けっこうな数の人間と接してきたが、あんなにさらっとものごとを動かす人は見たことがない」

「凌駕との対決に結婚披露宴を一本、ダミーで開いちゃう美祢さんもすごいですけどね――。でも、俺にとっては優さんだって、十分すごい人ですよ」

「それは規模が違うだろう」

「規模とか関係ないですよ。だって話だけ聞くのと、直接接触するのって違いますから。俺にとっては、優さんが一番すごいです」

凌駕に思うがまま言えた勢いもあり、鹿山は優にも感じているままを伝える。

しかし、それを聞くと優は視線を逸らした。

「それでも一目惚れは別だろう」

「え？」

「まあ、これぱっかりはお前に罪はないか。相手は今が盛り。フェロモンたれ流しで漆黒のフェラリーを乗り回し、自社製品のモデルやるようなナイスガイだもんな。しかも、彼こそが生粋《きっすい》の帝王だ。月の出ない夜、太陽が雲に覆《おお》われた世界にいてさえ神々しい存在だ」

口調が先ほど声をかけられたときと似ている。凌駕とよりを戻すだの、クラブに戻るだのと確認してきたときの、あの感じだ。

「優さん。何度も失礼ですけど、言ってることの意味がわかりません。どうして俺が季慈さんに一目惚れするんですか？　してないですよ」

鹿山は、自分が何か誤解を生むようなことをしたのだろうか？　と不安になった。客を取った取らないという件もあったので、ここは慎重に尋ねる。

「してない？」

「はい。素敵な人だな～と思って見とれたら、それで一目惚れになっちゃうんですか？　そしたら俺、宗方店長とか香山社長、中津川専務とか。会う人会う人に一目惚れしたことになっちゃうんですけど。でも、こういうのは一目惚れっていうか、恋愛感情とは言わないですよね？　恋愛感情で見るなら、もっと……、心を見ますよね？　人柄とか全部含めて」

ただ、あくまでこれは鹿山の考え方だ。優は違うかもしれない。

それでも、もうおかしな誤解はされたくなくて、鹿山は自分の恋愛観を説明した。

「――。お前、真顔で人を上げて落とすんだな」

一瞬、優が立ち止まる。

「え？　どこで上げて、どこで下げているのかがわかりません。ごめんなさい。同じ失敗はしたくないので、教えてください」

「いや、もういいって。なんか、俺が一人で空回りしてるのだけはよくわかった。ついでに言うなら、お前の幼馴染みが妙に俺に食ってかかってきた心情も、なんとなく理解できた」

すぐに身を翻《ひるがえ》して、歩き出す。こんなときに、丈の長いジャケットは冷ややかな演出をする。

ふわりと返った裾に、鹿山は自分が振り払われたような気持ちになった。

「ちょっ、優さん！　俺には何がなんだかわかりません！」

これまでなら唖然と見送ったかもしれないシーンだった。

だが、鹿山はそれが嫌で、優を追った。

「俺にも、もうよくわからねぇよ」

「だからって、いきなり素っ気ないのはひどいでしょう。それとも今から美祢さんのところに行くんですか？」

「どうしたらそうなる！」

「だって、美祢さんが綺麗だから。なんとなく、優さんの態度が、他とは違うなって感じたから」

こんなときにどうして美祢の名前が出たのか、鹿山もよくわからない。

だが、足早に離れた優の足が止まった。

優が振り返ってくれただけで、かなりホッとした。

「その言葉。美祢さんと季慈さん、綺麗とカッコいいを入れ替えて脳内再生してみろ。それがさっき言った俺から見た一目惚れ云々ってことだ」

「でも、俺は違うって。あ、ってことは優さんも違ったんですね。すみません。変な勘違いして」

「お前のはただの勘違いなのかよ。俺のは嫉妬《しっと》からだけどな」

「嫉妬⁉」

「そうだ。昨日今日に限らず、ここ一週間。けっこう俺はお前に尽くしたし、面倒も見た。仲間だとは言ったが……。お前の素直で努力家なところ、優しいを通り越してお人好しなところ、何かにつけて予想を超えてくるところに個人的な興味……。いいや、愛着も湧いてきたから、今夜だって、道化師みたいな真似もした。凌駕には、自分が立ち入れないお前との関係があることにムッときていたから、とことんやってみせた。全部、エネルギー源は嫉妬だ。その自覚はもうある」

込み上げてくる感情をぶつけると、優からも同じように返ってきた。

気持ちも頭も整理がつかず、鹿山は困惑しながらも、優を見つめる。

「――優さん」

「悪い。こんなのすべて俺の勝手だ。ただの自己満足と暴走だ」

優が苦笑した。

「なんにしたって、一日がかりでボコったからな。多少はあいつも心を入れ替えるだろうから、店に戻ってあいつと一緒に飲んで帰れ。お前が望む対等な関係も、今なら――!?」

明らかに無理に笑って、また顔を逸らした。

これには鹿山も、言葉の前に手が出る。優の腕を両手で力いっぱい摑んだ。

「そこまで言ってくれるのに、どうして凌駕となんて言うんですか? 優さんの説明を借りるなら、きっと俺の勘違いも嫉妬からだと思うんですけど」

「――!?」

驚く優の腕を更に摑んで、思いを告げる。

「美祢さんはすごく素敵で、俺もすぐに好きになりました。けど、香山社長や響一くんたちに対する好きとはちょっと違うなって……。優さんの態度がいつもと違うからだろうなって感じて。でも、それってきっと美祢さんの魅力のせいだろうな、優さんは美祢さんが好きだから、今日もいろいろ頑張ってくれたんだろうなって……」

鹿山は精いっぱい自分の気持ちを言葉にしたが、どうもうまく伝わらない。

優は背けた顔を戻してくれない。

「それなら今夜、季慈さんへの俺の態度を見てわかっただろう。俺の美祢さんへの態度は、季慈さんに対する態度と大差がないよ。完全に自分が下にいる、敵わない相手だって自覚があるから、恐縮するんだ。好きで態度が違うのとは、わけが違う」

「でも、俺にとっては優さんのほうが上です！　誰よりも一番の存在です！」

すると、いきなり優が振り返る。

「それはもういい、わかった！　ただ、お前はそうとう疎《うと》そうだから、こうなったらはっきり言うぞ。俺は今、お前に好きだと言った。そうしたら自分もだと返された。そう解釈しているが、それでいいのか？　合ってるのか⁉」

「はい」

「本当かよ⁉　その即答」

やっと通じた！　と思うも、確認を取られる。

「多分。俺、昨夜からずっと、優さんがお客さんに誘われたらどうしよう、凌駕に勝つために店外デートとかしたらどうしようってそればかり心配してました。今夜も常連客さんや、元仲間のホストさん。宗方店長が羨《うらや》ましいな——って。焼きもちもやいていたので……」

自分はそんなに口べたなのか、説明が悪いのか。

それでも鹿山には、思ったままを伝える以外の術《すべ》がない。

「でも、これってこの人カッコいいなだけで芽生えた感情じゃないです。仕事とはいえ、俺みたいなのを押しつけられて、すごく迷惑だっただろうに。ちゃんと話を聞いて、仕事も教えてくれて。今の俺に一番必要なものを見極めてくれて——。そういう姿勢というか、人柄というかもあって、俺は優さんのことを好きになったんだなって。それこそ一日、また一日。いい人だなより好きだなが増えて、大好きだな——に、なっていったんだろうなって」

こんなことを言っても、出会ってからの時間が短すぎて、疑われているのかもしれない。

それがいきなり恋になるのかと聞かれたら、正直言って自信がない。こんな短期間でここまで優と過ごした時間以上に、充実したときを過ごしたことは一度もない。

だが、鹿山にとってこの何日間は、人生で一番濃い時間だった。

「それは嬉しい。ありがとう。けどな、今の俺は職場の仲間意識やその延長から、お前に好きだなんて言ってない。完全にエロいこと込みで言ってる。そこがわかってないだろう」

人を好きになった経験が鹿山にはないからだ。

鹿山は、優が何を基準にわかるわからないを連呼していたのか、ようやく理解できた。

「え？　俺、これでもひと月はニューパラダイスにいたので、とりあえずはわかってると思います。その……。何度か他のホストさんや男性のお客さんから告白や誘いを受けましたから。恋に性別もないし、エッチなこともできるっていうのは……知ってます。話だけなら」

なんだこんなことだったのか――。

優が自分に過剰に気を遣った理由だったのかと、鹿山はようやくホッとした。

「――は⁉　告白や誘い？　それ、凌駕や宗方は知ってたのか？」

ずっと嚙み合わずにいた話が、ようやく嚙み合う。

だが、そうなったらそうなったで、優が新たな動揺を見せる。

「いいえ。みんな、凌駕や店長には内緒って……。もちろん断りましたけど。俺はただのアルバイトだし、まだ右も左もわからなくて、お店の仕事を覚えるだけで精いっぱいだから。なんでも凌駕や店長に相談しないとよくわからないしって」

「それで相手は了解したのか？」

「はい。なら。もう少し待つよとか、また今度誘うから二人に相談はしないでねって。ただ、この界隈だと、こういう誘いは普通のことだから、これからもたくさん声をかけられるだろうけど、ちゃんとそうやって断るんだよ。本気なのは自分だけだからねって。なんか、みんな同じようなことを言ってたので、からかわれただけかもしれないですね」

けろっとした顔で答える鹿山を前に、優はとうとう額を押さえてしゃがみ込んでしまった。

「――って。優さん⁉」

「悪い。お前の魅力を軽視してた。最初にいろいろ聞いたはずなのに、この瞬間までお前がニューパラに勤めてたことさえ頭から抜けていた」

「え？」

優も自問自答のすえに、ようやく答えが出たのだろう。

だが、それは本人にとっては、痛恨のミスに気づくことだったらしい。

「けど、そう言われたらそうだよな。この俺が一週間やそこらで、こいつ見た目も中身も可愛いなとか、ほうっておけないなとか。もういっそ、力技で食っちまうかとか頭によぎるんだから、即行動に出る奴なんか山ほどいるよな。ここは歌舞伎町だ。しかも、曲がりなりにもお前はホストクラブに勤めてたんだから」

勢いよく立ち上がると、鹿山の腕を力強く摑んだ。

「す、優さん？」

「あとで宗方と凌駕に感謝の菓子折でも贈っておくわ。あいつらきちんと害虫駆除の役割は果たしてたようだからな」

そのまま、タクシーの多い大通りに猛進《もうしん》していく。

「優さん⁉」

「今夜のお前は、俺がお持ち帰りだ」

「――二、二度なんとかですか⁉」

鹿山は鹿山で、ずっと引っかかっていたことを聞いてしまった。

すると、今一度立ち止まった優が、その場で抱きしめてくる。

「それは、店外デートで客から客へハシゴするときのたとえ話だから、これには当てはまらない。

それに、こうなったら二度ぐらいじゃ収まらないと思うしな」

帰宅するまで我慢ができないというように唇を合わせてきた。

「っんっ！」

（——優さん）

6

今夜は満月。

鹿山にとって、生まれて初めて肌を合わせるのは月の帝王。

これこそ、どんなお伽噺《とぎばなし》かと思ってしまう。

やはりこれはまやかしなのだろうか？

壮大《そうだい》なスケールのドッキリなのだろうか？

鹿山は、優と共にタクシーで移動中も、ついそんなことを考えてしまった。

そして、確認するように、優の膝の上で握りしめられている自分の手を見て、彼の手を見て、優の横顔を見た。

すると、フッと微笑まれて、耳打ちするようなそぶりで、外耳にキスをされた。

——最初のあれは確信犯だったのだろうか？

恥ずかしさと、くすぐったさから、鹿山は肩を窄《すぼ》めた。

そして、またうつむいた。

——優さん。

そうして、少しするとまた握りしめられた手を見て、同じことを繰り返した。

到着までの間に、何度か繰り返してしまった。

「……」

「優さん……、あの……。あの……」

ただ、路上で、タクシー内で、優の欲情はすでに抑えの利かないところまで高まっていた。

それでもマンションの自室に入るまでは、肩を抱くところで止まっていた。

だが、鍵を閉めてしまえば、誰に遠慮することもない。

優は玄関から鹿山を抱えて、メゾネットタイプの上階にある寝室へ移動した。

ダブルベッドに鹿山を下ろし、何も言わずに衣類を脱ぎ捨てる。

(――もっとゆっくり見たい。じっくり見たいのにな)

優が一糸まとわぬ姿になるのは早かった。

鹿山が瞬きもしないうちに、彼が着けているのは三日月のようなダイアモンドのイヤーカフのみになった。

だが、それがまた妙に艶めかしい。間接照明だけが灯《とも》る寝室。窓から差し込む月光を受け、ときおりキラッと輝いては、彼の肉体美を彩《いろど》った。

(やっぱり、綺麗だな。私服姿より、黒服姿より、そして今夜のスーツ姿より。裸でいるのが一番綺麗だなんて、なんだかずるい――)

鹿山は欲情以上にある感情が湧き起こって、優が衣類に手をかけてくると一瞬だけ躊躇った。

優が双眸《そうぼう》を細める。

「俺、こういうの……、雰囲気しかわからないんですけど」

鹿山は焦《あせ》って、嫌なわけではないことを説明しようとした。

躊躇いの理由が体格差に対する嫉妬だとは言えなくて、取って付けたようなことを言ってしまったが、優はそれを聞いて安堵していた。

クスッと笑い、その後は鹿山の衣類を大胆に脱がしていく。

「雰囲気だけでもわかってるなら上等だ。だが、どこで理解した?」

「近所に勤めてる他の店のホストさんが、こういう仕事のほうが稼げるよって。出勤前の道ばたで、スマホで動画を見せてくれたことがあって……」

「なんだって⁉」

あっという間に、すべての衣類がベッドの下に落とされた。

容赦なく脱がされて、鹿山は薄手の羽毛布団を抱きしめていた。

こんなことをしたところで、なんの抵抗にもならないし、するつもりもなかったが、やはり羞《しゅう》恥心《ちしん》は残っていた。それを誤魔化すように、口数が増える。

「……あ、でも。ビックリして、店長に報告しました。なんとなく凌駕には言いづらくて……。そしたら店長が、その判断は正しいって。同じことがないように先方に注意するけど、また似たようなことが起こったらすぐに言いなさいって。そこは凌駕の仕事じゃなくて、自分の仕事だからって」

「宗方には菓子折だけでなく、金一封も包んでおくか」

「ひゃっ――んっ」

しかし、羽毛布団もすぐに奪われた。

鹿山はそのまま仰向けに押し倒されると、身体を重ねてきた優に唇を奪われる。

「んっ……っ」

目を閉じるタイミングを逃したためか、何度も瞬きをしてしまう。

そのたびに、間近に見える彼の鼻筋が綺麗で、睫《まつげ》が長くて、鼓動《こどう》が強く速くなる。

（やっぱりずるい……。何が起こるかわからない怖さより、好奇心を生むなんて。恥ずかしさより、躊躇いより、独占欲を誘うなんて）

息するタイミングさえわからないキスに、夢中にさせられる。

（優さん……っ）

鹿山が優の二の腕を摑む。

すると、貪るように合わせられていた唇が離れる。

鹿山がフッと溜息を漏らした。ずっと息継ぎができていなかったことを実感する。

「それにしても、なるほどな。どうりで宗方が、香山配膳のハードルの高さを無視して、ごり押し同然で突っ込んできたわけだ。晃の性格がどうこう、店がどうこう以前に、とりあえず別業種に飛ばしたかったんだな。凌駕のとりまき以上に変なのが絡んでくると困るから……」

鹿山の話に付き合いながらも、優の手が鹿山の頰《ほお》からこめかみを撫でる。

それが気持ちよくて、心地よくて。鹿山は猫か犬にでもなったような気持ちになる。

だが、それと同時に、自然と両手が彼の二の腕から肩を探った。

「……すみません。俺がふがいないばかりに、気ばかり遣わせて……」

撫でられるのも気持ちよかったが、優の肌に触れているのもまた気持ちがよかった。

自分にはない固さの筋肉、腕の太さ、それらを描く曲線。何もかもが気持ちよくて、鹿山の身体がいっそう火照《ほて》ってくる。

やはり、進められるまま口にした高級酒よりも、鹿山にとっては優のほうが酔わせる存在だ。

「好きで気を遣ってる連中に関しては、ありがとうございますでいいんだよ。俺を含めてな」

「——はい」

今の自分がどれほど嬉しそうに、また幸せそうに微笑んでいるのか、鹿山自身にはわからない。ただ、それを見ている優が嬉しそうで、幸せそうで。鹿山はいっそう嬉しくなり、優の身体を抱きしめた。

(大好き)

「晃……」

優が、再び唇を吸ってきた。鹿山は、なんとなくそれに合わせて、自分からも吸ってみる。

すでに下肢では、膨らみ始めた欲望が互いに刺激し合い、誘い合っている。

「——んっ……っ」

言葉もないまま唇が離れて、鹿山の輪郭をたどり、首筋をなぞる。

「あっ……っ」

鎖骨から胸元に舌が這う。小さな突起に舌が絡み、チュッと吸い上げられたときには、発したことのない甘い声が漏れた。急に背筋が震えて、怖くなる。

「ここ、いい？」

「わからない……」

語尾が震える。優は、身体を捩り始めた鹿山の胸に、今一度キスをしてから、下腹部へと愛撫を下ろす。

「っ……、ひゃっ」

臍《へそ》に唇が、舌が這うと、今度はくすぐったさから変な声が出た。

「晃には、いいところがいっぱいあるみたいだな。探し甲斐がある」

「っ……そん、なっ」

自分でも聞いたことのない声が出るたびに、鹿山の身体が震え、火照りが増す。

優はそれさえ楽しむかのように、鹿山の臍の周りを啄《ついば》み、さりげなく両手で膝を立てさせていく。

そして、鹿山の両の膝に手をかけて――。

「優――、さ」

咄嗟に、両膝に力が入った。

自分では気づいていなかったが、体中が無意識に似たような反応をしていた。

鹿山の気持ちとはまったく別のほうに、身体が動いている。

「一応わかってるって言ったよな。どんな動画を見せられたのかは知らないが」

優がからかうように問いかけ、ニヤリと笑った。

「……っ」

「怖じ気づいたか？」

返事ができずにいると、今度は優しく問いかける。鹿山はふるふると顔を振る。

すると、優が閉じられた膝にキスをした。

その眼差しが艶めかしくて、鹿山の背筋がまたゾクリと震える。欲望が膨らむのがわかる。

「嘘はつかなくてもいいぞ。こんなときに、変な根性もいらない」

膝から腿を摩《さす》られ、口づけられて、鹿山は感じるままに身を捩る。

嫌なわけでもないのに、身体が自然とくねってどうにもできない。

「根性じゃ……ないです。好きだから……です」

だが、変な誤解をされたくなくて、鹿山は思いを口にした。

「晃」

「怖くないって言ったらきっと嘘ですけど……。それより、俺自身が……優さんを欲してるんです。自分のものにしたいって……。思ってるんです」

なんて強欲なんだ――と、自分でも思った。

それがいいのか悪いのかも考えずに、胸の内を明かしてしまった。

しかし、それを聞いた優のほうは、一瞬息を呑んだが、すぐにクッと口角を上げた。

「――すごい殺し文句だな。やっぱり、天然には敵わないか」

それならと言わんばかりに、鹿山の両膝を開いて、顔を埋《うず》める。

「ひっ――やっ」

言葉以上に欲望に忠実な鹿山自身を手にして、口に含んだ。

潤《うる》んだ舌が絡みつくのがわかる。彼の口内で転がされて、急にそこばかりを責められる。

「優さ……っ。すぐ……っ、さっ」

膝に、臀部《でんぶ》に、つま先に力が入る。

このままでは、優の口の中に放ってしまう怖さから、鹿山は快楽から逃れたいみたいに身を捩った。

「いやっ、駄目っ……」

さすがにこれは駄目だと思うも、身体のほうは悦《よろこ》んでいる。

抵抗は口ばかりで、股関節から力が抜けていく。

「晃。俺をやるから、お前をよこせ」

そう言った瞬間、優が鹿山自身をきつく扱《しご》いた。

すでに限界まで高められていた欲望が、一瞬にして解放される。

「んっ……っ。っあっ。優さ……っ」

全身に痙攣《けいれん》したような快感が走った。

「俺の全部をやるから、お前の全部を俺によこせ」

優の手中に白濁《はくだく》を撒《ま》くも、芽生えていた罪悪感より絶頂感のほうが完全に上回ってしまい、鹿山はコクリと頷いた。

それを見た優が、滑《ぬめ》りを帯びた手のひらで、鹿山自身の奥を探ってくる。

「好きだ……。晃が、愛しくてたまらない」

陰嚢の更に奥まった窄みに、長くて綺麗で羨ましいと思った彼の指が這わされた。

グリグリと指の腹で濡らされ、その後は静かに入り込んでくる。

「んっ……っ」

これも覚えのない感覚だった。鹿山は、入り込んだ優の指を身体の中で感じ取る。

ゆるゆると抜き差しされるそれは、滑りが増すと一本から二本に増えていく。

そして、その後は優自身に代わっていく——。

「こんなに心が騒ぐのは、気持ちが掻き立てられるのは、初めてだ」

探り込まれた指とは比べものにならない圧迫感に、最初はびくついて腰が引けた。

だが、優の顔が視界に入り、声が近くなると、鹿山は自分のほうから抱きついた。

優自身を、自ら深く受け入れた。

「優さん……っ。優さ——っ」

痛みからか独占欲からか、鹿山はその名を繰り返して、更に彼を抱きしめた。

二つの身体が繋がる実感、優自身が体内を抉《えぐ》るように行き来する実感。それ以外にも身体中で
感じたことのない痛みや愉悦を覚えたが、最後まで記憶に残ったのは、彼の声。

「晃……。晃……っ。俺のものだ——っ」

そして、彼が鹿山の体内に放った、飛沫《ひまつ》の熱さだけだった。

（優さんも……。優さんも……。俺だけの優さん……っ!!）


――こうなったら二度ぐらいじゃ収まらないと思うしな。

そうは言っても、鹿山は何もかもが初めてだ。さすがに優も無理は強いらない。

もともとほろ酔いだったこともあり、一度の絶頂でぐったりしてしまった鹿山を胸に、優は羽毛布団をかぶった。そのまま瞼を閉じて、朝まで睡眠を貪る。

そうして濃紺の空に浮かんでいた月が姿を隠し、入れ替わりに太陽が現れる。

カーテンの隙間から、光が差し込む。


（優さん……？）

至福と疲労感で堕《お》ちた眠りから目が覚める。鹿山は優の腹部を枕にして、彼に抱きついていた。

優はクッションと枕を背にして上半身を起こし、スマートフォンを虐っている。

（あれ……、手術の痕《あと》？　盲腸《もうちょう》とか……、あ。でも、場所が違うか……）

ふと、彼の脇腹に目がいった。目立たないが、縫合《ほうごう》した痕が残っている。

「起きたか」

「……おはようございます」

目覚めた鹿山に気づくと、優がスマートフォンを下ろして、髪を撫でてきた。

鹿山は頭をずらすタイミングを外したまま、優の顔を見上げる。

「これは――、若気の至りだが、俺にとっては人生の転機の痕だ」

「転機？」

無理に聞くつもりはなかったが、優は説明を始めた。

鹿山は今一度、薄く残った痕を見る。

「俺の親父はバブル崩壊後の不況に持ち堪えられなくて会社を潰してるんだが、それをきっかけに家庭崩壊を起こした。分家の分家とはいえ、一応マンデリン系列の事業を担っていたんだが……。まあ、親戚中から罵詈雑言を食らって、母親は耐えられずに離婚して絶縁。それがきっかけで親父は酒浸りになって、身体を壊した挙げ句に他界。昼ドラかよって展開に、当時まだ中学生だった俺も荒れた。それこそ勢いだけで不良や酔っ払いと喧嘩して、うっかり刺されて――。病院で目が覚めたら、季慈さんがいた。本家の跡継ぎに会うのはそれが初めてだった」

想像もしていなかった生い立ちに、鹿山は昨夜の余韻《よいん》さえ吹き飛んだ。

本人が終わったこととして話しているのが救いだが、それにしても強烈だ。鹿山のここ数ヶ月の展開とはまた違った激しさがある。それにしても――だ。

「聞けば、季慈さんも昔からお家騒動絡みで親戚に叩かれて、えらい目に遭った人でさ。大人なら自業自得で放っておくけど、子供のなけなしの抵抗の結果じゃあ見捨てられない。今からでもやり直す気があるなら、手を貸すと言ってくれた。大学へ行きたいなら面倒も見るし、親戚連中を見返したいなら協力もする。ただし、俺個人にそれだけの力があるなら、証明するだけの努力ができるならってことだったけど――」

点と点が繋がり線になる。鹿山の中で、優の人間関係図ができあがり、見えてくる。

「俺は、その話に乗った。もう、起死回生を望むなら、そこで立ち直るしかなかった。最期はあれだけど、仕事に真摯な父親のことは好きだった。名誉挽回もしたかった。それで、俺がマンデリンホテルの一つぐらい手中に収められるほどの大物になって、親戚連中を見返せたらと、子供心に誓った。とりあえず目標が欲しかったんだ。だから、それから生活を援助してもらって、猛勉強して、ホテル経営に役立ちそうな資格も取った。そして、大学を出ると同時に、あえてマンデリン系へは就職はせずに、硝子の月へ入れてもらった。これまで受けた援助分を返したかったのと同時に、季慈さんがあそこで得たであろうものを学びたかった。自分の手だけで作った新たなコネも欲しかったからだ」

前職がホストだった理由も、わかりやすかった。

夜の街に根を下ろす一番の理由は、やはりお金だ。

鹿山に奨学金の返済があるのと同じで、優には季慈への返済があった。季慈のほうに受け取る気持ちがあったかどうかはわからないが、優には支払いの義務感があったということだ。

もちろん、それだけではないところが、優らしいが。

「それからの俺は、更にがむしゃらだった。目的を果たし、ナンバーワンになるまでに数年かかったが、一応の達成感を得た頃に、硝子の月がマンデリン東京に移転することになった。その時点で季慈さんから、ちょうどいいからマンデリンに正式入社するかって聞かれたんだけど……。それにはまだ足りないって思うものがあって――」

「足りないもの？」

「現場での確固たる実績と信頼。前にも言っただろう。橘の人間は、本来最初にマンデリン系列に突っ込まれて、接客を学ぶと同時にそれらを作り育てるんだ。ただ、俺はそれをせずに、硝子の月へ行った。だが、そこで宗方と知り合ったおかげで、香山配膳の存在とカリスマ性を知った。美祢さんのように、派遣から相談役にまで上り詰めた人がいるってことも知った。もし俺が本当にマンデリンで上へ行きたいと思ったら、これは外せない。むしろ、入り口はこっちだと判断したから、もう一回りしようと決めた」

「それで、香山配膳に入ったんですか？　マンデリンの社員になれるのに、あえて派遣に⁉」

「入ったと言うよりは、宗方や季慈さんに口添えを頼んで入れてもらったんだ。それで、香山社長たちから厳しい研修を受けて、現場でルールも学んだ。一応は香山からの派遣ですって顔ができるところまでは押し上げてもらって、今に至るかな」

ざっくりと聞いただけでは、優の大変さはわからない。

鹿山には、勝手な想像をすること自体が失礼な気もした。

ただ、優が目的を持って進んできたことだけはわかる。

そしてなぜ、鹿山とこうして出会ったのかも――。

「それがあったから、香山社長たちも俺を受け入れてくれて、優さんを研修指導者に指名したんですね」

「まあな。ただ、俺を育てた社長たちからしたら、この際自分らがどれだけ苦労したか、思い知れっていうのもあっただろうな。俺は晃が素直な上に適性もあったからラッキーだったが、社長たちは苦戦したはずだ。なんせ、技術がどうこうより、元の性格が歪んでる。気持ちのどこかに、俺はやればなんでもできるみたいな自信もあったから、覚えはよくてもこの野郎感は拭えなかっただろうし——」

「……それは。優さんがすでに自分の中で作り上げていたものがあって、プライドに繋がる実績を積んでいたからでしょう」

「だが、調子に乗って粗相をして、社長に始末書を書かせた。やったことは、ほぼ凌駕と変わらない。あれは本当に痛かった。今思うと、刺されたときより目が覚めたかもしれない」

「え……!?」

しかし、これだけは、想像しようとしても鹿山には無理だった。

短い期間ではあっても、鹿山は優の完璧な仕事しか見ていない。凌駕とはまったく重なることのない仕事しか見ていないからだ。昼夜問わず。

「結局、わかっているようで、わかってなかったんだよ。他人の人生に、それも一度きりの宴の場に立つってことの重大さが。ミスがなくて当たり前だって言われることの意味が。だから油断が生じてミスになった。それを考えたら、晃の持って生まれた適正っていうか、天性がよくわかる。技術や器用さは確かに絶対に必要なものだし、感覚や感性もそうだ。けど、本当に良質なサービスを生むためには、ごく自然に人を思いやれる心根が必要だ。他人の喜びを自分の喜びと同じように感じられる、優しさも必要なんだって」

思い出したように反省し、そして笑う。

「優さん」

「覚えてるか？　晃を任されたとき、俺が社長から〝最終ミッション〟って言われたの。俺は単純に、そろそろ未経験者相手でも、教えられるようになっているだろう。そして、それができたらマンデリンの社員へステップアップしてもいい時期じゃないのかって受け取った。けど、今は違う。なんとなくだが、社長は晃にあって俺にないものを学べ。最後は自分で足りないところを見つけて補え、って意味もあったんじゃないかと思う。と同時に、それに気づけなかったら、ステップアップも何もない。そういう警告も含んでいたんじゃないかなって——」

ずっと鹿山の髪を撫でていた手を離し、身体をずらすと唇を寄せてくる。

まるで、もう少しだけ。もう一度だけと言うように、抱きすくめてキスをする。

——なんて温かくて、優しい時間だろうか。

鹿山は心身から込み上げてくる至福に酔いしれる。

「晃に会えてよかったよ。誰かを好きになるってこと自体、嬉しいし幸せなことだ。優しい気持ちにもなれる。けど、俺は晃と出会って、改めてサービスってものに向き合っていなかったら、仕事でも〝わかったつもりでいるだけの自分〟には、気づけなかったと思う。そういう意味では、凌駕にも感謝だけどな。あいつ——、嫌なところばっかり、俺に似てるから」

幾分明るくなった部屋とすっかり抜けている酔いは、昨夜よりも数段相手の存在をクリアにする。それでも恥ずかしさはなく、また気まずさもない。鹿山に湧き起こってくるのは、嬉しさと愛おしさ、より強く感じる独占欲ばかりだ。

「俺も……。俺も優さんに出会えてよかった。出会っていなかったら、こんなにドキドキして、フワフワする気持ちは知らずにいたと思う。なんでも頑張ろうとは思っても、もっと強くなりたいとか、いやな自分にも向き合おうとは、考えなかったと思うから――」

鹿山からも両手を絡めて、生まれたばかりの恋を抱き締めた。

「晃」

「優さん。大好き」

初めての恋人に、今一度口づけた。

＊＊＊

まるで夢のようだ、もしくは嘘のようだと思う日々が続いていた鹿山だが、その後しばらくその感覚が抜けることはなかった。

（こんなに満たされていて、嘘みたいだ。恋人ができて、仕事もあって、仲間もいて）

毎日が楽しくて仕方がなかった。こんなに自然と笑みが浮かぶ時間を過ごした記憶のない鹿山にとって、今が人生の頂点なのか、絶頂なのかと思えるほどだ。それほど人生が満ちている。

（大切にしなきゃ。なくさないようにしなきゃ）

ただ、こんな毎日の中で、皮肉なことだが〝これってやっぱり現実なんだ〟と思える瞬間があるのは、優の多忙さだった。

おそらく登録したてだから、鹿山の予定は週の半分程度しか埋まらないだけで、鹿山以外はみんな忙しいのだろうが――。会えるのが二日に一度、三日に一度となったことが、鹿山を夢気分から現実に引き戻す。出会ってから毎日優と会っていた鹿山にとって、優の不在こそがよくも悪くも、鹿山にこれが夢でも嘘でもないと思わせたのだ。

(優さん。大好き)

それでも一日数度はメールを交わした。毎日電話で声も聞いた。

会えるときは会い、また泊まれるときには優の部屋に泊まって、覚えたての快感にも酔った。

そのたびに鹿山はふわふわとした気持ちになり、翌日仕事があるときは、朝から自分の顔を叩いた。それを見た優が、笑いを堪えている姿を見るのが、また至福のひとときだった。

(欠けた月が、再び丸くなっていく。時間が経つのが早い)

そうして、あっという間に一ヶ月近くが過ぎた。

「それにしてもすごいな、優さん。マンデリンニューヨークへ出張なんて。飛ばす香山配膳もすごいけど。――あ、美祢さん。先日は本当にありがとうございました」

鹿山はマンデリン東京が主な派遣先になっていた。

まずは初めに行った職場から慣れようか――というのが、香山や中津川の采配《さいはい》だ。鹿山にとっては、まさに至れり尽くせりだった。

また、ここで鹿山が美祢に会うのは、あれから初めてのこと。次にいつ会えるかわからない相手だけに、ここは自分から声をかけた。

「ああ。晃くん。いろいろうまくいったみたいでよかったね」

「本当に、その節はお手数をおかけして。とんでもない費用までかけさせてしまって」

「突発でやった偽披露宴のこと？　あれは、お祭りみたいなものだから、気にしなくていいよ。それより、優とはうまくいってる？　あいつ今、ニューヨークだよね。寂しくない？」

「え？」

だが、裏の廊下だったとはいえ、職場でさらっとすごいことを聞かれてしまった。

「表情で返事をしてくれる子って、わかりやすくていいな。でもそうか、よかった。優のことは季慈も気にかけてるけど、マジで今が勝負どきだし。いろいろフォローしてやってね」

「勝負どき？　なんのフォローですか？」

「あれ？　聞いてないの。来週の株主総会のことっていうか、今後のこと」

「今後？」

しかも、思いがけないことまで知らされるはめになり――。

（優さんが、香山配膳を辞める。マンデリンに入社する。それはわかる。いずれマンデリンで出世するのが目標だとは、聞いていたから――。でも、いきなりマンデリン東京の次期社長候補、幹部候補生として宴会課に入るって、何⁉　しかも、この話自体はすでに周知で……。知らなかったのは俺だけって。やっぱりドッキリ？　そもそも全部夢⁉）

鹿山は美祢との立ち話を終えると、久しぶりに両膝がカクカクした。

「あっ！」

「晃!!」

それこそ何もないところでつまずいてしまい、盛大に転びかけたのを、たまたま居合わせた高見沢に支えられた。

「セーフ。びっくりした——。どうした？」

「すみません。ありがとうござい……ました」

「ちょっ。優と喧嘩でもしたのか？　それともまだあのホストともめてるのか？　まさか、変な客につきまとわれてるのか!?　なんで泣く!?」

しかし、あまりに様子がおかしかったのだろう。高見沢が真顔で聞いてきた。

内容は的を射ていたりいなかったりだが、鹿山は「優」の名前を出されたところで、更に動揺してしまった。感情が高ぶり目頭も熱くなる。

「いえ、すみません。大丈夫です。ちょっと目にゴミが……っ」

「すげぇレトロな言い訳だな」

「……トロくてすみません」

何をどうしていいのか、久しぶりにわからなくなって、零れる涙が抑えきれない。

「いや、トロいじゃなくて——。もう、面倒だ。このまま俺と来い！　どうせ、上がりだろう。今夜は職場相談会だ。酒場ミーティングだ！」

だが、挙動不審な鹿山に困惑したのは同じだったのだろう。高見沢は即決すると、鹿山の腕を摑んだ。

「っ、高見沢さんっ」

　タイムアップと同時に事務所へ連絡し、言葉どおり香山たちに声をかけて飲み会の場を設けた。


　鹿山が高見沢に連れて行かれたのは、事務所近くの居酒屋だった。

　到着したときには、すでに個室を取って、香山と中津川が待っていた。

「家のこととか、今後の目標みたいなことは聞いていました。ただ、それがどうして次期社長候補に飛躍するのか。その準備のためにニューヨークとか、俺には突飛な話すぎて……」

　一人で動揺していても埒が明かず、鹿山は高見沢に促されるまま香山たちにも事情を説明した。どこまで話していいのかは悩んだが。

「確かに、急にマンデリン本店の社長候補って聞いたら驚くか。でも、落ちついて考えたら、納得できない話ではないだろう。何せ、優が努力を認めてもらいバックにつけたのは、コンツェルンの総帥だ。これだけでも、最初からそれなりのポジションに就いても不思議はない。だが、優はあえて遠回りし、現場から入った。それも派遣のうちからだ。これは、現場を知ると同時に社員から認められ、また信頼を得たかったからだろう。そうでなくても、いまだに目の敵にする親族連中はいるようだし、身近に味方もほしかっただろうから」

　すると、香山たちは今日まで鹿山が次期社長の話を知らずにいたことに、まず驚いた。

「話が大きすぎて、やった！　玉の輿《こし》――、ってレベルでもないか」

ただ、ここでも鹿山は追撃された。

「え⁉　玉の輿って。どうして、その。知ってるんですか？　俺と優さんのこと」

「どうしてって言われても、漂う雰囲気でバレバレだろう。特に晃は顔に出るし」

「そもそも優本人から交際スタートの報告をしてくれたからね。まあ、俺のものになったから、変なちょっかいはかけるなよっていう、警告込みなんだろうけど」

香山と中津川、二人があまりにさらっと話をするものだから、二の句が継げない。

だが、黙っていては、相談にならない。

「だとしても。社長たちも知ってるなら、俺が身を引いたほうがいいって思いますよね」

「身を引く？」

「だって、優さんとじゃあまりに立場が違うし。俺、男だし。世間的に見て、足を引っぱるだけの存在でしょう」

香山がポカンとして、高見沢に問いかける。それにしても、鹿山の言いたいことが通じない。

「何を言ってるんだ、この現代っ子は？」

「レトロでしょう。だから、来てもらったんですよ。俺じゃ手に負えなくて」

「というか、晃くん。優から聞いてないの？　僕たちのこととか周りのこととか」

とうとう中津川まで眉を顰《ひそ》めた。

どうしてわざわざ意味深な聞き方をするのか⁉　そうでなくてもわからないことだらけなの

に、鹿山は理解できないことが増えすぎて泣けてきた。

「なんの話だか、わかりません。二人でいるときに、世間話とかしないし」

するると、高見沢がハンカチを差し出した。

「まあ。そうだよな。付き合ったばかりの二人が、貴重なデートタイムに他人の話なんてしないもんな。ましてや、社長と専務ができてるとか。響一の旦那が圏崎で、響也までアルフレッドに持っていかれたとか、どうでもいい話だ。それこそ、美祢がとっくの昔に橘季慈総師の嫁になってるとかさ」

「――え?」

これまた軽く、すごいことを説明されて、鹿山はポカンとしてしまう。

「あ、これ。ここだけの話っていうよりは、業界内暗黙の了解な。ってことは、話題にならなきゃ、優が話してなくても特別な意図はない。むしろ、本当に貴重な時間に、よそのことなんかはどうでもいいって考えで、忘れてるレベルだと思うから」

「えっ――、むぐっっっ」

ようやく事情を呑み込んだときには悲鳴が突き上げてきて、発する前に高見沢に口を塞がれるという、早業《はやわざ》に遭う。

「叫ぶな。公認ではあるが、あえて赤の他人に聞かせる話でもないから」

確かにここは居酒屋だった。それも事務所の近くだ。

個室とはいえ、悲鳴のように叫べば、店内中に香山と中津川の関係がバレてしまう。

鹿山は、そこはすぐに納得して、コクコクと頷いた。

「とにかくだ。社長たちの話をしても仕方がないから、優を基準に話すが。橘コンツェルンにおいての出世争いで、パートナーの性別はまったく重視されない。これはもう、美祢たちがいい証拠だ。それはホテル内で美祢と会ってるんだからわかるだろう。誰か一人でも、変な目で美祢を見てたか？　見てないだろう」

話を仕切り直した高見沢に、鹿山は「はい」とだけ答える。

「晃くん。あそこは本当に、実力主義なんだよ。だから、君が心配するなら生まれ持った性別じゃなくて、自分の実力だ。優のパートナーとして、周りが黙るしかないくらいの技術を身につけ、人格者になればなんの心配もないよ」

次いで、中津川にもにっこりと微笑まれるが、やはり鹿山の心配とは論点がずれているとしか思えなかった。一度は香山たちの恋話の衝撃から止まった涙が、再びダラッと頬を伝う。

「それって、心配しかありませんけど――んっ!!」

今度は容赦なく、高見沢から顔面にハンカチを押しつけられる。

「泣くな！　お前はもう香山の一員だ。社長や俺たち仲間が認めたニューフェイスだ。少なくともこの日本のサービス業界に身を置く上で、これ以上の自慢と評価が存在するなら言ってみろ」

「……っ」

鹿山は、ハンカチを手にしながら、高見沢や香山、中津川の顔を見回した。

「そういうことだよ。仮に末端意識しかなくても、君はうちの事務所の人間だ。Sランクのホテルマン、サービスマンたちが見上げる位置にいるんだよ。すでにね」

中津川が優しく笑う。

「これからの晃のするべきことは、本気で上ることだけだ。それこそ香山TFの一人と言われるぐらいまで力をつけていくだけだ。誰のためでもなく、優を好きな自分のためにな」

香山が力強く言いきる。

（香山配膳のトップテン。俺が香山TFに入るぐらい、上り詰めるのか――）

＊＊＊

優から鹿山に電話がかかってきたのは、その日のうちだった。

美祢から「余計なことを言ったかもしれない」と謝罪連絡を受けたからだ。

〝悪い。先に俺の口から言うべきだった。隠したとか、そういうつもりがあったわけじゃなくて、急に人事異動の話が決まったんだ。マンデリン東京の専務が今度ロンドンに行くことになって。それに伴い東京内の重役職も内部異動するんだが、それを機に俺も正式に入社。今週末に開かれる株主総会で紹介されると同時に、そのあとの会食を仕切るってことになって……。今、ニューヨークに来てるのも、その関係なんだが。とにかく一度決まると、いろんなことが同時に動き出すもんだから、俺もちょっと慌てていて……〟

時差もあるのに、鹿山は優が連絡をくれただけで嬉しかった。

自分には想像もできないほど大変なときだろうに、こうして気にかけてくれるだけでも、鹿山は「自分も頑張らなければ」と思い改めることができた。

〝ただ、だからって俺と晃のことは別問題だ。俺は何があっても離さないし、総会の当日は手伝ってほしい。傍で見ていてくれなんて言わない。悪いが、その日は一緒に仕事をしてくれ。晃こそが俺の修業の集大成だ。俺が一番頼りにできて、信頼できるサービスマンだから〟

しかも、優は鹿山に想像もしていなかったことまで言ってくれた。恋人として、何があっても離さないと言われただけでも十分なのに、その上サービスマンとしてまで求めてくれたのだ。

今の鹿山にとって、これ以上のエネルギーはない。

不安や動揺が一瞬で払拭されて、覇気《はき》と明るい未来を見つめる希望が湧き起こる。

(優さん――!!)

鹿山は、優の思いに応えたい。また自分からの思いも伝えたい一心で、それからの数日、更に仕事に励《はげ》んだ。

そうして、迎えた週末――。

優は、本当に慌ただしい状況の中で帰国をした。空港から直接マンデリン東京へ入り、昨夜のうちにセッティングがすんでいる大ホールへ黒服姿で現れた。

「優」

「香山社長。今日はよろしくお願いします」

「いよいよ社員としてのデビュー戦だな。俺は見届けに徹するぞ」

「――はい」

事務所の社長でありながら、現役の派遣員でもある香山もまた、黒服姿で現れた。

これだけで、俄然ホールの裏は活気づく。この状況に緊張が隠せないのは、むしろ大ホール担当の宴会課長だ。鹿山は緊張しきった彼に頼まれ、部室に胃薬を取りに行く。

急ぎのときは許されているので、いったん表のフロアに出て、最短コースで進んだ。

だが、そのときだ。

「そろそろ開始時間だな。すでに根回しは済んでるんだよな」

「ああ。派手に粗相をしてくれるように、社員を抱え込んだ。何せ、現場主義を主張するタイプには、本人の粗相を誘うより、他人のミスを庇わせるほうが手っ取り早いからな」

（え？　粗相……）

背後でスーツ姿の男たちが、手洗い場へ向かっていた。

もっとも聞き捨てならない単語が耳に入り、鹿山はあとを追う。

「それは名案だ。本当――。没落分家の分際で、どの面下げて幹部候補なんて……」

「総帥も贔屓が過ぎるんだよ。この際だから、肩入れしている連中も恥をかけばいいんだ」

どう聞いても、これから始まる株主総会と会食のことだった。

しかも、後ろ姿しかわからないが、優を貶めようと企んでいる男たち四人は、これから総会に出席する者たちであり、橘一族の者のようだ。

（大変だ！　優さんに伝えなきゃ。これってつまりわざと粗相をさせて、その責任を優さんに取らせようってことだよな？）

課長には申し訳ないが、部室に立ち寄る余裕はなかった。大ホールにて五百名弱が集う会食つき株主総会の開始はこれから三十分後だ。いっときを争う。

「なんだって？　株主たちの会食をぶち壊そうっていうのか」

「――どうするんだ、優。会食にかかわる社員は、調理部と宴会部がメインだが、実際はそれだけじゃない。今日の客数なら、かかわる人間が百人は下らないはずだ。だが、ホールだけなら、全員派遣に取り替えられる。今ならまだどうにかするぞ」

ことがことだけに、鹿山は聞いた話を優と香山のみに伝えた。

会食――洋食フルコースのスタートは、総会後だ。総会の時間は約一時間。香山がホールスタッフを派遣員に総入れ替えするにしても、ギリギリの時間だ。

そうでなくても、今日は週末。それも六月の週末とあって、どこの結婚式場、ホテルも予定が埋まっている。当然、香山配膳の登録員も都内から近県にわたって出払っていることから、マンデリン東京に来ているのも香山と鹿山の二人しかいない。

それを承知で「どうにかする」と言ったのだから、香山も優に即答を求めた。

すると、優が深呼吸をした。

「――いいえ。それはできません。予定どおり社員メインでいきます」

「優」

「優さん！」

「こんな馬鹿馬鹿しい話で、お客様に迷惑をかけてもいいと思うような社員は、うちにはいません。俺は信じます」

「それで裏切られたらどうするんだ。お前は橘季慈や美祢遥が育てているホテルマンってだけじゃない。香山配膳が手塩にかけて育てたサービスマンでもあるんだ。俺は、ここでお前に対して、そんな嘗められた真似はされたくない。お前への裏切りは香山への裏切りとして取るぞ」

（香山社長……）

ふざけるなと言わんばかりに激高《げっこう》した香山を見るのは初めてだった。出会ったときから、彼はソフトで美しい印象しかない。

だが、サービスという聖域に土足で踏み込まれようとしていることには、我慢がならなかったのだろう。そもそも仕組んだ者たちが、総会に出る立場にいるような者たちが、現場をないがしろにしていることにも怒り心頭だ。

「わかってます。それは俺だけでなく、ここの社員全員が。だからこそ、俺は信じるんです。そうでなければ、俺はこの先マンデリン東京のトップにはなれません。俺が今信用するべきは、香山配膳のスタッフではなく、マンデリン東京の社員です。その誇りです」

それでも優は頑として自分の意見を曲げなかった。これまで現場で一緒に働いてきた、共にサービスをしてきた仲間を、社員全員を信じることを香山に告げた。

ただ、これはこれで嬉しかったのだろうか？

香山がフッと微笑んだ。

「――よく言った。なら、あとは頑張れ。うちから教えることは、もう何もない」

「はい。とはいえ、一応用心のために活を入れに行ってきます」

本日の担当社員たちのもとに走り去った優の後ろ姿を見送った。

「プライド見せろよ。一流ホテルの社員なら」

それでも香山には、不安が残っているようだった。

自身が口にしたとおり、会食にミスやアクシデントを誘えるのは、ホールスタッフだけとは限らない。仕込まれた社員が優とはまるで無関係な部署の、それも優とはまったく面識もない者である可能性も、否めないからだった。

(優さん……。香山社長)


大ホールに並ぶ五十の円卓には、一卓に十人前後の株主が着席していた。

本日は会食つきとあり、業務報告や人事異動に関する報告がメインだ。

そんな中、舞台最前列の主賓卓にいたのは、筆頭株主の美祢。優が、このたび系列会社重役の推薦を受けて、幹部候補生として入社。本日の会食の進行役だと紹介されると、嬉しそうに拍手をしていた。推薦者はマンデリンニューヨークの社長をはじめとする数名で、あえて季慈の名前は出していない。

そうして、総会終了と同時に、会食がスタートする。

（どうしよう。社員さんたち全員が、優さんの敵に見えてきた。あ、あの人プレートに手を当てた。あの人、手が震えてない？　駄目だ。些細な仕草でも、全部悪意があるように見えてくる。俺がこんなじゃ、優さんはどんな気持ちで――）

来賓五百名弱となれば、ホール内だけで五十名以上の社員が配膳に当たる。

その中の一人として鹿山も入ったが、どうにもこうにも落ち着かない。

初めてここへ来たときより、ドキドキしている。

見れば香山は冷静だ。

主賓卓のサービスをしながら、全体の進行役も務める優も、それは変わらない。

（いつもどおり……。うぅん。いつも以上に堂々としていて、仕事に集中している。目配せも穏やかで、ちょっとした合図にも〝大丈夫だよ〟って感じで、社員さんたちを元気づけている。でも、よく考えたらそうだよな。今日の仕事は、普段以上に緊張している社員さんだって多いはずだ。課長さんでさえ、胃が痛いって言い出すぐらいだ。仮にミスが出たとしても、わざととは限らない。優さんが言うとおり、信じる以外ないんだ。この制服に誇りを持ってるって。ネームプレートの重みも意味も、ちゃんと全員が知ってるって）

どんなに代わりのスタッフを揃えられたとしても、この状況で総入れ替えをされたら、社員は何ごとかと思うだろう。

それこそ、大事な場面で信用されていない、実力を評価されていないと解釈する者も現れ、たとえ会食が無事にすんでも、その後に優や香山配膳との亀裂がさけられないかもしれない。

ホールスタッフの中に、仕込まれた者がいるかもしれないなど、知る者はほんの一握りだ。しかも、そもそもホールスタッフではないかもしれないと考えたら、優の決断は正しい。

（よし！　俺も頑張ろう）

実際、食事が始まってしまえば、流れ作業だ。

それをいかにスムーズに、そしてスマートにこなしていくかに、神経が集中する。

（あとは、コーヒーだけだ。——終わった！　変な騒ぎは起こってない。全員、ちゃんとサービス終わってる！　よかった!!）

そうして会食のひとときが無事に終了。

優からひとつの宴の終了が告げられた。

「では、送賓をお願いします。手荷物や土産品の忘れ物がないよう、チェックもよろしく」

「はい！」

担当した社員たちは、全員安堵した顔で、株主たちを会場から送り出す。

（よかった——。そういえば、課長さん。胃、持ったかな？　あれ……!?）

ただ、株主たちを送賓していく中で、課長だけがホールから出ていった。

それも、鹿山には覚えのある後ろ姿の男たち四人と一緒だ。

（まさか!?）

鹿山は、衝動的にあとを追った。

課長と男たちは、大勢の来賓たちに紛れて、エレベーターで地下の駐車場まで下りていく。

嫌な予感だけに背を押されて、鹿山は徐々に足早になる。

「できませんでした、じゃすまないだろう」

「俺たちの命令が聞けなかったのか」

——やっぱり!!

鹿山が追いついたときには、四人の男たちが課長一人を責めていた。

「はい。私はマンデリン東京の社員です。ホテルマンであり、サービスマンです。痩《や》せても枯れても故意に粗相はできません。部下にそんな命令もできません」

だが、課長は凛《りん》とした態度で彼ら一人一人を見返していた。

その姿は、つい先ほど見た優や香山と同じだった。

制服に、仕事に、そして何より接客に誇りを持っている者の態度だ。

「は!? 何を言ってるんだ」

「クビだ、クビ! お前なんか、すぐにでもクビにしてやるから、覚悟しとけよ!」

男たちはそれ以上、何をするでもなかった。ここで自ら騒ぎを起こすつもりはないようだ。

しかし、見ていた鹿山は気が治まらない。思わず、男たちの前に飛び出してしまう。

「そんなこと、許されると思ってるんですか!」

「誰がクビだ。お前らか?」

するとほぼ同時に声が重なった。

「——優!」

「ちょっと話をさせてもらおうか。いや、言葉がわからねぇよな。お前らみたいなのにはっ！」

「え⁉　優さん！」

鹿山が振り返ったと同時に飛び出した優が、先頭に立つ男の顔に右ストレートを決めている。

「この野郎！　何するんだ‼」

これに逆上した男たちが優に襲いかかった。

それを見た課長がぶち切れしたのか、「それはお前らのほうだろう！」と叫び、優の加勢に加わった。

とはいえ、四対二だ。鹿山も拳を作り、「お、俺も！」と突っ込もうとした。

だが、そこは手首を取られて止められる。

「大丈夫だよ。君は危ないからここにいて」

「き、季慈さん。でも、相手は四人だし、優さんたちが！」

「え〜。別にやらせておけばいいんじゃん。素手《すで》だし、あの程度じゃ死なないよ」

「美祢さん。なんてことっ！」

どうやら鹿山のあとを追ってきたのは、優だけではなかったらしい。

ただ、二人とも落ち着きがあり、クスクスと笑って余裕さえ見せている。

「それに、優は喧嘩の仕方も加減も知ってるよ。奴らに上下関係や縄張りを教え込んだら、ちゃんと解放するって。ほら、もう終わる。だいたい、四人じゃ無理だって。刺されたときだって、一人で何十人も相手して、疲れたところをたまたまやられただけなんだから」

「え……っ」

美祢に「ほら」と言われて振り返ったときには、確かに殴り合いは終わっていた。

優の足元に、大の男五人が転がっている。なぜ課長まで含まれているのかはわからないが、もしかしたら流れで一緒に殴られたのかもしれない。優はまったくの無傷だ。

仕事用に流していた前髪が若干乱れている程度だ。

しかも、眼鏡のフレームを虐りながら、躊躇いもなく倒れている男の頬を踏みつけた。

「うっ！」

「性格が悪い上に、手が早くてごめんな。伊達《だて》に親戚中から虐《しいた》げられてこなかったからな。親の庇護《ひご》下でぬくぬくと育ち、今になって立場が危ういとかって、ピーピー言ってるお前らのこざかしい悪さとは、比べものにならないんだ。俺の悪さは年季が違うんだよ！」

よく見れば、粗相を仕かけた相手の年頃は優と変わらない。四人とも同じぐらいだ。

優の口調からすると、命じられた社員はわからなくても、命じたほうの見当はついていたのかもしれない。親戚だけに、昔からの因縁もありそうだ。

優は、さんざん男を足蹴にしたあと、その場で片膝を折った。男の胸ぐらを摑み上げる。

「けど、あれだよな。今日の件って、実のところ俺のためだったんだろう。社員に、俺を疎ましく思う奴がいるか。マンデリンの看板に泥を塗ってまで、金に流される奴がいるか。ああでもしなきゃ炙《あぶ》り出せねぇもんな――。そうだよな？　ん？」

様子を見ている鹿山や課長は啞然としているが、季慈と美祢は噴き出しそうだ。

まるで、この先の展開が読めているようだ。

「なら、今回に限っては、俺のために骨を折ってくれて、ありがとうって言っといてやる。俺は自分の味方には優しいんだ。なんならこのまま病院にも運んでやるしな。ただし、敵に回れば二度目はない。次に邪魔をされたら、俺はお前らを親兄弟共々、路頭に迷わせてやる。俺の足を引っぱるってことは、橘コンツェルン全体の足を引っぱるってことだ。そんな無能は経営陣に必要ない。橘の一族にいる必要もないからな。ねぇ、季慈さん」

案の定。優が、男の顔を摑んで季慈に向けた。

この状況を一族のトップに、コンツェルンの総帥に見られたとあり、男たちはこれまで以上に青ざめる。

だが、それもそのはずだ。話を振られた季慈から一瞬にして微笑みが消えた。

美祢が、香山が、宗方が怒ったときのそれとは比べものにならない。

整いすぎた男の美貌が放つ無表情からは、青白いオーラさえ発して見える。

「そうだね。さんざん努力した上での嫉《そね》み僻《ひが》みなら可愛いよ。けど、それ以前に、やるべきこともやらずに人の出世を邪魔しよう、足を引っぱろうって思考の人間は、たとえ血族であっても必要ないからね」

甘く艶やかな声と口調が、氷のような眼差しをいっそう際立たせる。

「どんな形でもかまわない。まずはもがき足掻くほど自身の最善を尽くして、それを僕に示せ。それさえどうしていいのかわからないなら、後日個人的に聞きに来い。相談ぐらいは乗るよ。僕はそれほどケチじゃない」

美祢と優はこんな季慈を見慣れているようだが、課長は完全に凍りついている。

男たちは死刑宣告でもされたような顔つきだ。

「人間には、誰しも適材適所がある。必ずしも親が敷いたレールの上がすべてじゃない。同じ努力でも、何倍もの結果に繋がる仕事があるはずだ。最終結果に対する世間の評価までは保証できないが、今日の自分を恥じる気持ちがあり、一掃《いっそう》する気があるなら、僕も手を貸そう。ただし、一度だけだ。二度はないけどね」

しかし、鹿山に至っては、恐ろしいと感じる反面、何かに取り憑《つ》かれたように、冷えた季慈の眼差しに見入ってしまった。

(うわ。映画みたいだ。やっぱり季慈さんって、優さんが言うように他とは比べようのない世界の人なのかもしれない。そんな彼を支える美祢さんもだけど——)

大きな双眸をクリクリとさせて、ふとした弾みで溜息が漏れそうなほど。

優の憤慨の理由さえ、変えそうなほど。

エピローグ

唐突で、何もかもが目まぐるしかった一日が終わった夜空には、満月が浮かんでいた。

優に誘われるまま、仕事終わりに部屋へ寄った。これまで月の満ち欠けなど気にしたこともなかったのに、優と知り合い結ばれてからは、自然と意識するようになった。

不思議なものだ——と、鹿山は自分でもおかしくなり、微笑んだ。

そして、それを見た優もまた、嬉しそうに微笑みキスをしてきた。

力強い抱擁が鹿山を包み、束縛する。

だが、それが嬉しくて、鹿山もまた優を抱き締めて、束縛し返した。

(優さん。俺だけの——優さん)

これまで知り合った人々の中にも、いい人だ、素敵な人だと感じた相手は、数え切れないほどいたはずだ。それなのに、優だけが特別なのだ。身も心も近づきたい、傍にいたいと感じる。

「晃の肌が気持ちいい——。ずっと触って、撫でていたい」

「優さん」

「髪も唇も柔らかくて。触れるとすぐに反応する尖ったここも可愛くて」

「あんっ……っ」

「——少しは慣れてくれたかな？　でも、まだ固いか。晃のここは——、奥は、まだまだ開花する前のつぼみと同じだ」

「っ……んっ、優さ……っ」

どうしてだろう？　と考えたところで、彼が一番好きだからという理由にしかたどり着けない。

それなのに、いつから？　どこから？　と、きっかけを探す。

あのときかな？　ここかもしれない？　と、思い浮かべるのは、そんなひとときさえ嬉しくて幸せでたまらないからだろう。

「晃。まだ力が入ってる。もっと抜いて」

「——え？　どうして……。まだ……、する……の？」

「そう。今夜はとことんするの」

「えっ……。でも、俺……。そんなに……無理。今日はずっと緊張しっぱなしだったし、膝もガクガクしてるし……。優さん……っ」

急な慌ただしさから会えずにいた数日があったことで、鹿山はいっそう優を求める自分に気づいた。

彼に起こる何かしらを知るだけで、自分のこと以上に心がざわつくことも覚えた。そうするうちに、彼を連想できるものすべてに自然と意識が向いて、夜になると空を見上げて、月を探した。

恋は、なんてことのない日常を自然に変える。当たり前だった習慣さえ、さらりと変える。

そして、新たな喜びや快感を与えて、いっそう傍にいたい、いつも一緒にいたいと思わせる。

繰り返されるキスと抱擁は、その証だ。

「でも、悪くないんだろう。晃のここ、触れるとまだ反応してくるよ」

「……それは、優さんが」

「俺が何？」

「そうやって、撫でるから……。俺のこと、煽るから……。んんっ」

ただ、それにしても今宵の愛撫は執拗《しつよう》だった。

鹿山からすると、こんな何度も攻め入ってくる優は初めてだ。

「優さん……。どうして……っ」

「いい男に正直すぎる晃の目に、俺しか見えないように。仮に見ても映っただけって認識にできるように、俺のすべてを覚えさせておこうと思って」

「……え!? あ、それって、昼間のこと言ってるの？」

「そう。だからこれはお仕置き込み」

どうやら鹿山は、日中堂々と他の男、季慈に見とれた罪で裁かれていたらしい。

それで一ヶ月前は遠慮し、回数を控えてくれたのに、今夜はまったくお構いなしだった。二度どころか、三度も四度もイかされて、最後はお尻ばかりを弄られていたのだ。

「んっ……っ。でも、だからって——。もう、そこは……。そこばっかり……駄目だよ」

じっくりと撫でられてキスをされ、ときおり「駄目。これはお仕置きだから」とからかわれて、鹿山はペチンとお尻を叩かれた。

だが、鹿山にはこれが一番恥ずかしかった。優がわざとやっていることがわかるだけに、「理不尽です」と訴える。ベッドに俯せた姿のまま、背後からのしかかる優を恨みがましそうな目で見る。

「どうして俺だけ……。あのときは、本当にすごい人なんだなと思って、見入っちゃっただけなのに。優さんだって、自分ではわからないかもしれないけど、すっごいドヤ顔で季慈さんに話を振ったんですよ。しかもそのあとには、さすがは俺の季慈さん！　みたいな恍惚《こうこつ》とした目で見て。焼きもちやいていいのは、俺のほうだと思います。今夜の優さんにお仕置きしていいのは、俺のほうですよ」

「ずいぶん口が立つようになったじゃないか。でもまあ、そこまで言うなら仕方ない。今度は晃が俺にお仕置きしろよ」

「え⁉」

「ほら」

「ほらって……」

開き直ったように身体をずらし、尻を向けられても、鹿山には何ができるわけでもない。

だが、何もしないのも悔しいので、引き締まった優の尻に手を伸ばす。

「わ。硬い。こんなところまで筋肉質なんですね」

ペチンと叩こうと思ったが、触れた瞬間に気が変わった。指先で押したり撫でたりする。

するとと、優がぶるりと身体を震わせた。

「馬鹿、やめろ。くすぐったいって」

「え？　ここってくすぐったいところでしたっけ？」

「だから、撫で回すな。前言撤回。やっぱりお前をお仕置きだ」

「あんっ！」

どうでもいいような話が、甘ったるくて、心地よい。

鹿山は優に抱き寄せられると、貪るようにして唇を吸われた。

今夜は何度目のキスになるのかわからない。自分が砂糖菓子なら、とっくに蕩《とろ》けていそうだと思う。

「でも、よかった。優さんも会食も無事で。今、ふざけたこと言っていられる状態で」

唇が離れた瞬間、晃のそれからふと本音が漏れた。

「そうだな。本当に――。無事だったからこそ、今もこんなことしていられるんだしな」

晃を抱く手に力が入る。

「優さん」

「こうして晃を抱いていると、真っ白に積もった雪を踏みにじっているような気持ちになる」

「童心に返ってるんですか？　今日は喧嘩もしたから」

「そうじゃなくて。誰も踏んでない雪を見つけて高揚するのって、独占欲と征服欲が合わさった結果だろう。そして達成感を得ると更に高揚する。ただ、そこには少しだけ罪悪感も入り交じる感じがして――ってことかな」

何気ない鹿山の言葉が、優の本音を引き出す。

そうでなくとも、いきなり一週間近くも離れ、帰国してからも緊張続きだった。優にしても、息つく暇もなかったのだろう。だからこそ、お仕置きにかこつけながらも、甘えが出た。

何度も鹿山の身体を抱き直し、そのたびにキスをしていたのは、優なりの我が儘《まま》だ。緊張が解け、安堵している証拠だ。

ただ、それを聞いた鹿山のほうは、ムッとして優の腕を押した。

「でも、雪ってまた降りますよね。そしたら、すぐにリセットされるし。時には雨で全部流されることもあるんじゃないですか？　俺にとっての優さんみたいに」

鹿山がいきなり臍《へそ》を曲げた理由が、優にはわからない。

「――すまない。俺、今なんかお前の地雷を踏んだか？」

「はい。優さんはいいかもしれませんが、この話題に入ったら俺はものすごーく嫉妬しますよ。だって、俺にとっての優さんは、かつて何人が踏み散らかしてきたかわからない。どちらかというと、スキー場の雪みたいな存在ですからね」

どうやら鹿山は、自分が初《うぶ》だったことで、優からさまざまな感動を言葉にされるのが苦手らしい。自分の経験不足がどうこうではなく、単に優の豊富そうな経験を意識してしまうからだ。

「いや。そのたとえなら、全国の雪山を滑り渡ったスキーヤーのほうにしてくれないか」

「どっちも変わらないですよ。要は、経験値の話をしてるんですから」

「そうとう変わるんだよ」

「――んっ！」

鹿山は尖らせた唇を、また優に奪われた。優は、こうしてじゃれているだけでも楽しいようだ。

「こんな馬鹿馬鹿しい話はしたことがない」

「切り出したのは優さんですよ」

「ああ。だから、こんな返事をされたのは、初めてだ。それがおかしくて、楽しくて。自分でも覚えがないほど、優しい気持ちになれる」

ふと、改めて言葉にされて、鹿山は小さく笑った。

「――よかった。下らないって怒られなくて」

「晃……」

「俺、こんなだからけっこう何にも考えてないように取られるんですけど……。でも、俺なりに考えて、覚悟して、優さんとこうなりました。ずっと一緒にいたいって思ってます。これからも傍にいてもいいですか？」

だが、とてもホッとしたはずなのに、なおも確かめずにはいられない。

短い間に起こった急激な変化だけに、やはり一つ一つ答えを聞かないと、安心できないのかもしれない。

鹿山にとっては、仕事も恋も始まったばかりだ。

「当たり前だろう。俺のほうこそ、これからも晃の傍にいていいか？　正直言って、仕事も新しくなるし忙しくなる、いろいろあるし――。でも、だからこそ俺には晃が必要だから」

「嬉しい！　俺、頑張ります。贅沢《ぜいたく》だけど、すごい欲張りだけど。ちゃんと周りからも優さんとの関係を認めてほしいから、まずは自分自身が認めてもらえるように仕事にも励みます」

「ん？　別にそこは……。俺は、なんなら晃が専業主婦的なことになっても……⁉」

――と、会話を遮《さえぎ》るように、ベッドの下からメールの着信音が響いた。

「あ！　お仕事の予定かも。今夜メールするねって、中津川専務が言ってたんです」

鹿山は優の腕の中から身をずらし、脱ぎ散らかされた衣類の中に埋まっていたスマートフォンに手を伸ばす。やはり、メールが届いている。

「見てください！　たくさんお仕事をくれました。しばらくはお休みなしでも、とにかくいろんなことを覚えたいって希望を出したら、叶えてくれたみたいです。あ、来月から年内いっぱいは赤坂《あかさか》プレジデントに常勤で。派遣期間中は、宴会、披露宴から洋・中・和のレストランまで行き来できるように手配してくれましたよ。やった！」

「赤坂プレジデント？　どうしてマンデリン東京じゃないんだよ。その条件なら、マンデリン東京でもいいじゃないか。すでに晃は社員たちとも打ち解けてるんだし、俺もいる」

鹿山は喜び勇んでメールを見せたが、優は眉間に皺を寄せた。

「あ……。でも、これは俺が優さんとの交際を認めて相談したからみたいです。理由が……。本当ならマンデリンのほうが心強いだろうけど、これから優さんが幹部候補生として勤めるので、周りへの影響も含めて、今は別の職場のほうがいいだろうと思って――と」

「な……。幹部なんて言ったって、部屋で判子だけついてるわけじゃないんだぞ。それこそ、あちらこちらにたらい回しにされて、こき使われっぱなしになるだろうに。その上、お前を他社にやられたら、余計な心配までしなきゃならなくな――っ!?」

するると、更にメールの着信音が聞こえてきた。

鹿山のものではない。とすれば、今度は優のスマートフォンにだ。

「誰からですか？」

「香山社長と専務だ。晃をプレジデント預けにしたからって説明が、俺にも来た」

一応、気を遣ったのだろう。似たような文を送ってきたらしい。

ただし優のほうには、

〝同居生活に持っていくには、絶好の理由だろう！　言い訳はうまく使えよ!!〟

という、気の利きすぎたメッセージまで含まれていたが――。

「すみません……。いろいろとご心配かつご迷惑をおかけして」

「いや、迷惑はないから。それより、晃」

「はい」

「このスケジュールはいいとして、肝心な俺とのデートはいつするんだ」

「あ……」

そんな一文など知らない鹿山は、自分に送られてきた予定を今一度見直した。

「いっそもう、ここで一緒に暮らすか。プライベートが一緒で職場が別って、けっこうバランスがいい。仕事にも集中力が増すし、相乗効果になるかもしれないからな」

「そういうものなんですか？　これってそういうノリで決めていいことなんですか？」

確かに、デートをする余裕がスケジュールからは窺えない。

普通は休みになりそうな、仏滅もレストランに入れるよ――と書いてある。

「俺はいいと思うけど。祝辞でもよく、勢いが大事だって語るおやじが多いしな。まあ、晃が嫌なら無理にとは言わないけど――」

「え!? え? そんな、不機嫌にならないでくださいよ。優さん……。優さん!」

スマートフォン片手に困惑する鹿山と、ふて腐れたふりをしている優は対照的だった。

だが、メールを送ったほうの二人は、当然満面の笑みだった。

あとがき

こんにちは、日向《ひゅうが》です。本書をお手にとっていただきまして、誠にありがとうございます。本書は久しぶりに明神翼《みょうじんつばさ》先生との香山《かやま》配膳です。（このたびも素敵なキャラとキラキラな世界観をありがとうございました！　そして、ご縁をくださった担当&編集部様にも大感謝です！）

いつになく主役を誰にするか迷ったのですが、思いきってチャレンジ！　香山なのに、かつてないド素人《しろうと》な晃《ひかる》の配膳入門にしてみました。一応、失業から就職・御曹司ゲットという、シンデレラストーリーですが（汗）。ただ、思いのほか晃が楽しく仕事を覚えてしまったので、優《すぐる》はしばらく放置されるかもしれません。が、そこは自分で頑張れ！　むしろ、書き終えた今一番気になっているのは、ドS設定間違いなしの宗方《むなかた》の下に残った凌駕《りょうが》。私の歪んだ愛かつ責任感（可哀相だから誰かと幸せにしなきゃ！）から、脳内では大変気の毒なことになっております。あとは、香山配膳を作ってきたアダルトベテラン勢にも、いつかスポットを当ててみたいな。このあたりは、ご縁ができればですが。いや、できるように、まずは自分が頑張らねば！　ということで、またお会いできますように！

http://rareplan.officialblog.jp/　日向唯稀《ゆき》♡

CROSS NOVELSをお買い上げいただき
ありがとうございます。
この本を読んだご意見・ご感想をお寄せください。
〒110-8625
東京都台東区東上野2-8-7　笠倉出版社
CROSS NOVELS 編集部
「日向唯稀先生」係／「明神　翼先生」係

CROSS NOVELS

満月の夜に抱かれて

著者
日向唯稀

2017年4月23日　初版発行　検印廃止

発行者　笠倉伸夫
発行所　株式会社　笠倉出版社
〒110-8625　東京都台東区東上野2-8-7　笠倉ビル
[営業]TEL　0120-984-164
FAX　03-4355-1109
[編集]TEL　03-4355-1103
FAX　03-5846-3493
http://www.kasakura.co.jp/
振替口座　00130-9-75686
印刷　株式会社　光邦
装丁　磯部亜希
ISBN　978-4-7730-8849-6
Printed in Japan

CROSS NOVELS